KB261557

Days on Earth

지상地上의 시간

류근조 시집

문학세계사

가을 들판에 선 류근조 시인

(2013. 9. 27. 사진촬영 : 숲해설가 김남숙)

삼가, 이 시집을 물신주의物神主義 시대 온갖 열악한 환경 속에서도 시詩로써 순결한 정신적 영토를 지켜온, 그래서 우리 모두의 마음 속에 희망과 참다운 삶의 희열을 심어 준 이 땅에서 시를 쓰고, 또 시를 사랑하는 모든 분들께 바칩니다.

그리고 40여 년을 지금껏 한결같이 부족한 이 시인詩人 남편의 삶이 지탱될 수 있도록 옆에서 견인차 역할을 해준 나의 고마운 아내 최진숙崔振淑과도 이번 시집 출간의 기쁨을 함께 나누고자 합니다.

11번째 시집 출판의 변

2006년 이듬해 정년을 앞두고 10번째 시집詩集을 펴내고 동시에 출간되는 전집全集 속에 이를 포함시키면서 일단 본인은 큰 고개를 넘었다 치고 이어서 계속 시작詩作을 하는 일은 물론 시집詩集을 펴내는 일에조차 큰 의미를 두지 않고 살아 왔다.

그만큼 이후의 생활은 고정된 레일 위를 벗어나 영화 〈버킷 리스트〉의 주인공이 되어 살아 왔다는 표현이 적절할 것 같은 생각이 들기도 한다.

그렇다고 그간의 7년의 삶이 보다 목적적이지 못한 무궤도한 삶이었다고 말하고 싶지는 않다.

강단에서의 인생과 문학과 학문을 같은 범주에 넣고 견인牽引과 확장擴張의 집요한 줄다리기를 하던 때와는 달리 그간 인생실전人生實戰에서 보다 근원적인 문제가 무엇인가에 더 가까이 다가가려고 내 나름으로는 힘써 주력해 온 점 또한 없지 않았다고 보기 때문이다.

그러나 문제는 아무리 그렇다손쳐도 이러한 내가 추구했던 삶의 의미를 가시화하여 타인과 인식을 공유할 수 있는 방법은 언어를 통한 정서적 형상화의 결과물인 시

텍스트 외에는 더 이상 이를 능가할 수 있는 상위 개념의 다른 방도가 없다는 데 있다.

말하자면 이 막다른 골목에서 나는 전에 그랬던 것처럼 어쩔 수 없이 습관처럼 그 결과에 연연해 하지 않고 금번 또 졸拙 시집詩集을 펴내기로 결심하게 된 것이다.

그리고 이 같은 일련의 나의 시작과정을 군이 지칭하여 관념적 글쓰기로서의 철학적 글쓰기와 구체적 글쓰기로서 시적 글쓰기와의 변증법적 과정으로서의 사물의 관념화(의미화), 혹은 반대로 의미의 사물화 내지는 또 그 어디 중간쯤이라 해도 상관은 없으리라.

단, 읽는 이를 위해 참고로 몇 마디 더 덧붙이기로 한다면

제1부는 자연의 섭리와 같은 좀 무거운 주제를,

제2부는 가벼운 연시풍戀詩風의 시를,

제3부는 대충 현실 풍자의 시들을,

제4부는 근원적이거나 아픈 체험과 생활 속의 풍경을,

제5부는 속사에 얽힌 여러 명상적인 시들을,

제6부는 2003년에 펴낸 여행시집에서 제외됐던 동유럽과 지중해, 그리고 스웨덴, 핀란드, 노르웨이 등을 여행하면서 얻었던 일부 시상들을 모아 보았다.

그리고 끝으로 일괄해 요약한다면 이번 시집에 포함된 이 모두의 작품들은 내 자신 이승의 대기권 내의 존재자로서 대기권 내의 소재를 다룬 것이라고밖에 말할 수 없

을 것 같다. 아니, 삶과 죽음을 일원적인 관계로 설정해 놓고 마지막 이승에서 거시적 관점으로 바라보려고 한 하나의 '언어로 지은 존재의 집'이라고나 할까.

대충 그런 생각이 들어 마치 유한한 삶에 미리 종지부를 찍는 것 같은 조금은 쓸쓸하고 허전한 느낌마저 든다.

서기 2013년 가을 서울 서초동

누陋집필실 도심산방都心山房에서 류 근 조

지상地上의 시간

〔차　례〕

제1부: 지상地上의 시간

제2부: 향수香水 가게

제5부 : 나는 나를 배달시킨다

제1부
지상地上의 시간

지상地上의 시간

제 스스로 역겨워 멀리 떠난 님처럼
한 번 지나간 시간은 다시 오지 않는다
그런 걸 새삼
미련을 갖거나 어이없어 할 필요가 있을까.

지금 가을걷이 끝난 대지엔
싸락눈이 내리는 적막한 시간
목장의 한켠 외양간 말 구유에도
여물 써는 소리에 섞여
긴 밤 먹고 지낼 양식이 담기고,

마악 풍요로움 대신 적막이 내려앉아
차가운 이슬은 빈 들판을 적실 때
나 또한 특별히 바깥출입할 일도 없어
방 안을 이리저리 서성이다가
이윽고 등燈 아래 곧추앉아
불면의 긴 밤을 새운다.

하지만 잠시

꾸벅거리며 졸음에 겨워 할 즈음
그 어디선가
나를 품어 줄 대지가
크게 양 팔을 벌리고
"옳지! 옳지!" 하며 나를 향해
저벅거리며 다가오고 있기에
나는 언제나 행복한 대지의 나그네여라.

해시계 위 길게 모천회귀母川回歸의
그림자를 드리우고 귀소본능歸巢本能의,
혼자이면서 탯줄 하나로 연결
그 모두를 가진 이로서
뒤돌아보지 않고 묵묵히
지평선을 향해 걸어가고 있는 나는.

나이 드는 법

19세기 영국의 낭만파 시인 워즈워드는
무지개를 소재로 한 그의 시詩에서
어린이는 어른의 아버지라 노래했네.
어른도 바르게 잘 자라야
종국에 티없이 훌륭한 사물과 삶의 거울로서
제 구실을 할 수 있다는 뜻이 아닐까 싶네.

독일의 작가 악셀 하케의 소설
『사라진 데쳄버 이야기』에선 사람이
태어나 점점 나이 들수록
커지는 게 아니라 점점 작아져
종국엔 책갈피에 끼어도 보이지 않을 만큼
아주 작아진다는 얘기가 나오지

결국 사람이 성장을 끝내고 죽는다는 것은
제 살던 세상의 흔적 모두 지우고
어딘가 무주공산無主空山 — 우주의 공간 속으로
스며들듯 사라진다는 그런 뜻은 아닐까.

그런데, 이 어찌된 일인가
가끔 난 놀랄 일도 아닌 것 같은
놀라운 일들로 놀라는 때가 많다네.

밤 늦은 시각 서울에서도 번화하기로 이름난
서울의 강남 도심에 나서다 보면
보채고 빨고 배설하는 기저귀 문화 속
의외로 성인 군상도 많아서……

태어남과 죽음이 서로 연계돼
괘종시계의 '똑' '딱' 소리와 같이
하나로 이어져 삶을 이룬다는
우리 선조들의 어질던 수의문화壽衣文化는
주모의 술타령 후렴구에조차
한마디도 비치지 않고 저자거리엔
소위 죽음이 아닌 주검 자체로 회귀하려는
사람들만 가득 가득 넘쳐 판을 친다네.

자연의 마음

만물이 얼어붙은 섣달 그믐께
무시로 길 위를 구르며 우리의
옷깃을 여미게 하는 돌개바람은
알고 보면
아름다운 봄을 위한 전주곡
본래 의도된 자연의
마음일지도 몰라.

지금 우리가 놓인 이 세상 어딘가에서도
광기와 재난이 끊이지 않아 모두들
고통스러워하고 있지만
예서 굳이
시인 프로스트의 은유*를 빌리지 않더라도
그것은 혹
불과 얼음이 서로 뒤엉켜 사랑과 미움을
하나의 용광로에 담아 정제하시려는
위대한 신의 뜻인지도 몰라.

이 역선택이 낳은 놀라운 힘은

때로 삶과 죽음의 자리까지 바꾸어
우주의 균형을 바로잡기도 하지만
마침내 완성과 미완성은 물론
이승과 저승의 틀까지도 깨고
전혀 다른 모습으로 우리 앞에
보여주려는 본래부터 의도된
신의 계획이었는지도 몰라.

삶은 결코 선택이 아니라
역선택을 통해 자연의 마음이 이뤄낸
꿈과 현실이 교직된 한자락 린넨 폭
그 무늬와 같은 것이라고
알려주려는 본래부터 의도된
신의 계획이었는지도 몰라.

* 현대 미국의 시인 중 가장 전원적이고도 순수한 고전적 시인으로
  알려진 프로스트는 그의 시 「불과 얼음」에서 사람들은 세상이 둘
  로 망한다는 쪽과 얼음으로 당한다는 쪽이 있지만 자기는 얼음으
  로 망한다는 쪽이란 은유적 표현을 쓰고 있다. 여기서 불은 사랑
  을, 얼음은 미움을 의미한다.

눈물 송頌

눈물아
내가 이따금 삶에 지치고 힘들 때
난 널 가장 싫어한다.

하지만
오늘은 아냐
널 위해 내가 있다.
지금 오늘이 날 위해
저 지평선 위로
전에 없이 파랗고 투명하게
마음껏 펼쳐져 있는 것처럼

모처럼 난 오늘 네 품에 안겨
실컷 울고 울어 액화되어 거짓말처럼
눈물샘에서 줄줄이 잘도 흘러내리는
눈물을 감추기 위해
일부러 씻어내지는 않으련다.
그간 나와 동반자이면서도 내 안
너무 깊은 곳에 오래 칩거해 있어

있는 줄조차 세상 사람들이 모르고 있는 너
그러한 너를 오늘 비로소
나는 나의 그 깊은 곳으로부터
끌어내려 한다.

그리하여
내 생애에 단 한 번만이라도
네 속에 감춰진 푸근함과 안온함으로
아니, 지고지순함과 경건함으로
소스라치고 놀랍도록
그간 살면서 생겼던 모든 얼룩들을
말끔하게 하나도 빠짐없이 씻어내려 한다.

아빠, 또 놀러 와!

올 봄 갓 유치원에 입학한
내 외손자의 이름은 예준이
이웃 나라 지진 발생 이후 그곳 회사와의
연락 업무 때문에 오랜만에 귀가했다가
출근하는 제 아빠에게
"아빠, 또 놀러 와"라고 하여 웃었다고
딸에게서 문자 메시지가 왔네.

이 말이 관용어법상 화자의 의중과 다른 건 틀림없지만
그래도 제나름엔 그간의 제 아빠에 대한 부재를
기다림으로 새겨 마음 속에 숨겨 놓았다가
불시에 표현한 것만은 분명한 것 같다고
그리고 웃으려고 한 의도적인 것은 알지만
그렇다고 아이가 제 아빠를 별거 타인쯤으로
착각하고 있지는 않는 것 같으니
너무 염려는 하진 말라는 말까지 빼놓지 않고 덧붙여서

이 봄날
이만큼 신선한 충격으로 다가와

피어나는 한 그루 꽃나무마냥
전신을 흔들어 깨워
살아 있음을 실감나게 하는 말 그리 흔하지 않을 거라고
우리 부부는 모처럼 서로 마주보며 웃었네.

영원에 대하여

언제부터인가
신경을 건드리는 풍치가 하나 있어
치료차 치과에 갔다가
잠깐 의사가 자리를 비운 사이
의료기 안락의자에 누운 채로
병원 창문을 통해
파란 하늘과 그 옆에 수직으로 서 있는
30층 높이의 새로 지은 'e-편한세상'이란
아파트 건물을 바라다보네.

내 본시 오욕칠정을 뿌리치지 못하고
항시 병으로 데불고 사는 처지이긴 하지만
그래도 이 순간만은 저 하늘처럼 무구無垢한 상태로
저 콘크리트 새 건물보다 더 오래고 긴 세월
간단없이 버틸 그런 영원한 것은 무엇일까
잠시 생각해 보기 위해서네.

그 유명한 스핑크스나 피라미드
그리고 아크로폴리스 언덕의 신전들처럼

결국 풍상을 이겨내지 못해 그 상흔만을 남긴
마모의 유적들이 아니라
유구한 세월의 흐름 속에서도
그 원형을 지탱할 수 있는
영원의 길은 없을까
잠시 생각해 보기 위해서네.

아니, 오늘 하루 길게는 몇날 며칠만이라도
오욕칠정의 피날疲苶*한 속진俗塵을 이기고 자신이
푸른 영원으로 자리할 수 있는 수기修己의 길은
따로 없을까 잠시 생각해 보기 위해서네.

* 피날(疲苶) : 피곤하여 몸이 나른함.

시간을 만지다

한때 내게도
세월이 빨리 가서
어른이 되기를 바랐던 시절이 있었던가
아니 설마 그건 아닐 터이고
젊었을 땐 지금보다는 민첩하여
물리학의 법칙에 좇아 시간의 흐름이
완만하게 느껴졌으리.

아인슈타인의 상대성원리에 따르면
시간도 주관적인 것이어서 채귀債鬼 앞의 일분 일초가
연인과 같이 하는 백 시간에 맞먹을 수도 있다는
주장 또한 전혀 근거 없는 얘기는 아닐 것 같네.

스티븐 호킹이 제기한 질문처럼
왜 인간은 과거는 기억하고
미래는 기억하지 못하는가
그렇다면
시간은 시작도 끝도 없는 우보로스의 뱀인가.

하지만 옛 고사故事에 나오는 얘기에
어느 미소년이 침상에서 자고 있을 때
칠천칠해七天七海를 구경시켜 주겠다 하여
어느 백발 노옹老翁을 따라 나섰다가
다시 돌아와 보니 떠날 때 걸려 넘어지던
물병이 아직도 넘어지고 있는 중이었네.

하지만 그같이 타임머신을 타고 몇 세대 경과 후
돌아온 이 소년에겐
이승에서 전에 알던 사람 한 사람도 없었으니
그 황당함과 소회 알고도 남을 만하지.

그러니 나이 많아 더더욱
이승에 머물 객관적 시간이 적은 이들이야
대리석 기둥을 어루만지듯 촌음을 아껴
온전히 살아야 할 건 뻔한 이치 아닐까.

몽마르뜨 언덕*

아득한 그 옛날
하늘이 처음 열리고 나서
어디서 수런대며 그 많은
빛들이 모여 여기에 닿았을까.

신神과 악마의 사이에
인간의 이름을 가장 아름답게 새겨 넣어
나와 이웃과 세계로 통하는,
경이롭고 눈부신 이 소망과 평화의 언덕에……

일찍이 그 누구 있어
세계 어느 나라 어느 곳에 가 본다 해도
이만큼 비좁은 듯 넉넉하고 편안하게
자기의 뜻을 애써 내세우지 않고도
선명하게 보여주는 천지합일天地合一의,
뿌리 깊은 땅을 찾기는 그리 쉽지 않으리.

그리하여, 다시
억겁의 세월같이 이어나갈,

조국 산하에 떠돌 불멸의 혼령처럼이나
유장하고 도도하게 흐르는 한강과,
즐비한 서울의 명소들이
한눈에 내려다보이는,
누구나 여기에 오면
벅찬 희망 속에 함께 살아가는 기쁨에
마음은 항상 하늘 높이 날아올라
즐거이 노래하고 비상하는
한 마리 노고지리가 되는가.

* 성당과 환락가가 혼재해 있으며 연중 내내 예술가·보헤미안 등이
　모여들어 자유로운 인간적 분위기를 연출, 세계적으로 주목받고
　있는 파리 북부의 몽마르뜨 시가 한눈에 내려다보이는 높은 언덕.
　하지만 이 시(詩)에서는 한·불(韓佛) 수교 120주년을 기념하기 위
　해 서울시가 서초구에 조성한 몽마르뜨 공원의 언덕을 말함.

제 2 부
향수香水 가게

향수香水 가게

내 사무실 인근에 근래 새로 생긴
향수 가게엔 향수보다도 더 향기로워
지나치기가 힘든 아름다운 여인이
사람들과 알맞은 거리를 두고 서서
교양 있는 말씨와 어조로 각종 향료와
향수를 파네.

간혹 그 사이로 경음악이 흐르기도 하지만
이 향기의 바다에선 음악도 항상 배경의
기능을 조금도 상회하지 않기 때문에
아무런 방해가 되지 않네.

그래서 나는 어느날 이 가게에
멋모르고 향수를 사러 들렀다가 그만
재스민이나 체리 같은 향수도 좋아서 샀지만
그보다 몇 배나 더 쎈 그리움이란 이름의
향수병까지 사고 말았네.

어찌하리

이는 순식간에 일어난 일
한번 올라선 이 높은 난간에서
누군가 내가 밟고 올라온 사다리를
치우고 말았으니 다시 내려갈 수도 없어
나는 시방 그리스 신화에나 나오는
긴 터널 속에서 닿을 듯 말 듯 두 팔을 뻗쳐
점점 멀어져만 가는 아름다운 천상의 여인
유리디체를 좇으나 다가갈 수 없는 푸른 수염의
사나이 오르페우스의 신세가 된 그런 기분이네.

내 마음 속 섬 하나

그대는
내 외로운 마음 속
그리운 섬 하나
가끔 험한 파도에 휩쓸려
내 시야에서 사라져
가슴 쓸어내리게 하는 것이 흠이지만
그래도 언젠가는
내 인생의 고단한 항해에
등대 되어 앞길 밝히는
환한 길이 될 수 있다고 믿고 있지.

그래 지금도 난 웃으며
자신있게 말할 수 있어라.

그대는 항상
내 마음의 깊은 물길 속
자주 자주 떠올라
자맥질하며 환호하며
같이 가자며 날 따라오는,

언제나 변치 않는
내 외로운 마음 속
로렐라이 같은
그리운 그리운 섬이라고……

힘 센 그리움

널 그리는 마음 골똘해질수록
내 안의 허기 온데간데 없어
그 무엇이 이렇듯 날 일으켜
널 향해 한사코 달려가게 하나

온종일 지루한 줄도 모르고
다락방에 홀로 갇혀 너만 그리다가
불현듯 일어나 잠시 곧추앉아 봐도
여전히 내 안엔 너만 있고 나는 없어

그리움이 얼마나 힘이 세면
살아온 길, 갈 길마저 가늠할 수 없게
한 시공 속에 이렇듯 사람 가둬 놓고
옴짝달싹 못하게 하나

아니, 널 향한 그리움
그 얼마나 사무쳤으면
네 코, 입술, 미소
그리고 그 미소가 만드는

네 얼굴의 잔주름,
네 일거수 일투족을
하나도 빼놓지 않고
조건없이 내 안에 거둬들여
무시로
섬처럼 환히 떠오르게 하나.

신新 연애계약서
— 사랑의 시작은 자유롭게

다음의 인용은
처음 소르본느에서 만나 계약결혼한
세기의 두 지성 사르트르와 보봐르 부인 간에
서로 주고받은 서약 내용이네.

"우리 두 사람 지금은 사랑하므로 합치지만
언제고 우리 사랑 온기 없어져 연탄재처럼 식으면
누가 먼저랄 것도 없이 자유롭게 헤어지기로 하자
그래서 우리 서로 부담 주지 않으며
싱그럽게 사랑을 가꾸며 살 때까지 살아보기로 하자"

하지만 그 계약조건 때문에 꼭 그랬을까
두 사람 팔십고개 훨씬 넘어서까지 잘 살다가
사르트르 먼저 숨을 거두자 보봐르는
같이 덮고 자던 그 모포자락을 거두지 않고
아주 오래고 편한 합방合房의 시간을
홀로서도 누렸던 것처럼
너와 나는 지금부터 신선하고 달콤한
그런 새로운 계약연애를 꿈꿔보자

"내가 처음 너를 만나 네게 사랑을 느꼈을 때처럼
언제고 내 마음 속의 넌 네가 원할 때
사랑이 온기가 전혀 없는 공간으로부터 벗어나
스스로 사라져도 좋다"는

말하자면 아주 아주 자유로운 날개를 달고
파랑새처럼 날아가도 좋다는
우리 서로 그런 사랑의 계약서를 만들어
지금부터라도 나누어 갖기로 하자.

나는 웬디 토니가 좋아

매일 아침 들르는 내 산책 코스
도심의 한 공원에서 그날은 마침
조금 과하다 싶게 운동을 해서였을까

내 심신이 묘하게 나른해져 갈 때
문득 난 한 여인의 손 줄에 매달려
바로 옆에서 풀을 뜯는 토끼를 보고
호기심에 끙끙대는 두 마리
귀여운 애완견 웬디와 토니를 만났지

그리고 아무렇지도 않게
무슨 불상사 같은 건 일어나지 않을 것 같아서
그 초면의 애완견 주인에게 말했지

"죄송하지만 잠시
두 마리 애완견 고삐를 풀어주시면 어떨까요?" 라고
그런데 그 순간 "네" 란 상냥한 대답과 함께
전혀 예기하지 않았던 그 여인의
빛나는 미소를 보았지

모처럼 맛본 포근함이라고나 해야 할
아니면 세련된 발랄함 속의 안온함이라
고나 해야 할 것 같은 그러한,

멀리선 차량의 질주음이
아스라이 귓가를 스치고 지나가는
봄날 아침 어느 평화로운 한 도심의 공원에서.

나의 종교

〈1〉

너는 내 운명의 고르지 못한 날씨인가
오랜 고락의 시간 같이해 와
특별한 너에 대한 나의 믿음이
내 스스로의 삶을 규제하는 그만큼
너는 나의 준엄한 종교인가
내 오늘 비로소 마음 모질게 다스려
삭발하고 먼 길을 떠나려 할 때에
네 얼굴 더욱 선명하게 떠올라
내 앞을 가리니
너는 아무래도
끊지 못할 내 운명의 사슬인가.

허지만, 나 이제
잠결에 흐트러진 네 머리칼 한 가닥까지
고이 쓰다듬어
미련없이
파아란 달빛 강물에 흘려 보내노라
다시는 마주하지 말자

너로 인해 생긴 내 마음의 상처, 번뇌의 이삭 하나까지
모두 한곳 모닥불에 얹어 태워서
바람에 날려 보내노라.

〈2〉

나는 한번도 네 입술에 입 대인 적 없고
네 그 하이얀 손 가는 허리에도 손 대인 적 없어라
네 몸 은밀한 곳에 돋아난 체모,
심지어 열 오른 네 자궁 안 한 방울 애액에 이르기까지
난 한번도 만지거나 느껴 본 적조차 없어라
뿐이랴, 내 이제
네 이름도 네 음성도 기억하지 못하노라.

그리하여
내 더할 수 없이 가벼운 마음 되어
적요의 달빛 아래
홀로 가사자락 나부끼며
물길따라 흘러 흘러 가나니
이승과 꿈길 사이

내가 맨 처음 너를 만났던
그 순수의 풀밭으로
모든 번뇌의 무거운 짐 벗어버리고
한 마리 나비처럼 표표히 나부끼며 가나니

마침내
나는 네 안의 깊은 곳에 스며들어 숨고
너는 내 안에 누구도 모르게 꼭꼭 숨어들어
자웅 양성 한몸에 사는 일심동체 되었는가
시방
대명천지에 자비로이 비는 내리고
산에는 꽃들 여기저기 무시로 난만히 피어나니
이에 뒤질세라
새들의 울음소리 또한 산골짜기 가득 은혜로워서ㅡ.

제 3 부
성형미인

성형미인

덧니가 귀엽고 아름다워
연중 무휴 내 가슴에 살던
그 소녀는 이제 거리에 없네.
만나면 고향처럼 정겹던 이미지
각기 달라 쉽게 기억에 떠오르던,

미리 정해진 각본에 맞게
수술대 위에서 재단되어
어머니 탯줄에 각인되었던 그 주소를
어느날 갑자기 바꿨기 때문이네.

그래 제 본 얼굴 실종된지도 모르고
스스로는 아름답다 만족할지 모르지만
그 웃는 얼굴 뒤에 숨겨진
어딘가 불편해 보이는 음모
내가 지금 거처하는 서울 강남
한 오피스텔에는 외국 손님들은 물론
지방에서 수술 원정을 온 환자들도 꽤 많아
이젠 한국도 가히 성형공화국이라 이를 만하지.

TV에서 자주 보던 연예인 닮은
콧대 세운 비슷비슷한 얼굴이
왜 그렇게 많을까 하여 가끔
식상이 될까 걱정되기도 하지만 말이네.

목욕탕 휴게실 안마의자

돈만 넣으면 불을 켜고 작동하는
자동판매기를 최승호 시인詩人이
매춘부의 은유 속에 담아냈듯이*
나는 목욕탕집 휴게실에 놓인
안마의자를 맹인盲人 안마사에 비유코자 한다
아니, 조강지처糟糠之妻의 알뜰한 손에 비유코자 한다.
[실제로는 십중팔구十中八九 이런 마누라는 없다고
보는 게 내 소견이긴 하지만]

어느날 이발하러 간 목욕탕에 딸린 이발소에서
기다리는 시간이 아까워 무심코 천 원짜리 한 장을
넣으라는 설명대로 지폐 구멍에 넣고
안마의자에 앉았다가 난 이 의자의
안마 실력에 아주 큰 감동을 먹었기 때문이지.

정말 겨울밤 길거리에 손님을 찾아나서야
그나마 생계가 유지된다는,
안마사의 생계를 위협하는,
이런 안마의자의 놀라운 노동력을 확인하고서는

만일 앞으로 이러다가는 전자상거래와 같은
소위 '그림자노동' 외엔
종국엔 '건강챙기기운동' 달고는
사람이 대신하는 돈벌이 노동력이
견뎌낼 재간이 없으리라 싶었지.

누군 이런 날 보고 마당 꺼진 데 솔뿌리 걱정이냐
할지도 모르지만
솔직히 말해 우리 모두
그때쯤 되면 애써 땀흘릴 일도 없을 테니
무지무지 심심할 것 같아 걱정이 되기도 했지.

* 최승호 시인은 그의 시 「자동판매기」에서 우리가 늘상 편하게 이
  용하는 자동판매기가 돈만 넣으면 빨간 불이 켜져 저절로 작동되
  는 것을 매춘부에 비유하고 있다.

융합시대 두 가지 사회적 인용

A) 아예 진실사전眞實辭典은 없다.
B) 보드리야르 저서: 진짜는 없다(原題-시뮬라시옹)

　이 두 가지 차이 그 내포 개념은

전자는 이를테면 배우 고 장자연 사건의 진위에
관련된 것이라면

후자는 기호 만능 시대의 광고와 소비(교환 가치)에
관련된 것이다.

그러나 실상인즉
지금 우리 사회에는
재빨리 디지털 시대 24시현상에
안주해 버린 사람도 있고
디지-로그를 지향하는 사람도 있다.

하지만 나는
마음 속에서나마 몽골인이 된다.

유목민 중에서도 칭기즈칸의 후예답게
이 시대를 이끄는 철학적 개념이 된다
바람에 살아 펄럭이는 깃발이 된다.

어느날 캠퍼스 도서관 뜰에서

1960년 4월 내가 대학 신입생 시절
학교신문에 발표했던 시詩

"소녀의 연지볼에 빛나는
4월은 자랑스런 미소

나를 실망시킨 언어들은
어느덧 해으름에 숨어버리고
건강한 언어들이
음파 타고 돌아오는 계절에
층계를 올라오는
소녀의 그리운 발자욱소리

멀리서 돌아온 음신音信
군비축소軍費縮小 문제와 핵무기실험중지안核武器實驗中
止案과"

돌아 돌아 꼭 53년만에
위의 「4월의 상장喪章」이란 제목의 전반부를

우연히 발견하고
난 정말 아연실색할 수밖에 없었네.

그것은
오늘 한국 대학 캠퍼스의 4월은
인구 증가와 온난화 등으토
많이도 변해 어찌 청신淸新하기가 옛날 같지 않은데
일촉즉발의 국제적 긴장관계 그 상황은
예 그대로 조금도 변한 것이 없기 때문이네.

전쟁의 도시

좀 이른 아침 운동하다가 공원에서 만난 왕씨는
무슨 애긴가를 하다가 갑자기 생활 하루 하루가
전쟁이라고 말한다.

본시 인간이 태어날 때 타고난 품성은
예나 지금이나 달라진 게 없지만
서울 같은 대도시 생활에서는 매일같이 쉬지 않고
돌아가는 에스컬레이터에 올라 남과 같이 돌아가야 하기
때문에
살아남기 위해선 한치의 오차도 허용이 되지 않는다는,

말하자면 세상은 그대로인데 세상이 자신에게 마치 늘
적대감을 가지고 총부리를 겨냥하고 있는 듯이 자못 힘들
어하며
비장하게 스스로 내뱉는 일방적 선전포고와 같은 말이다.

그렇지만 인파가 붐비는 대낮
행인들의 통행이 빈번한 도심 어디에 나와 봐도
손가락만 살짝 갖다 대도 스르르 저절로 열리고 닫히는

전자식 자동문은 곳곳에 설치돼 있어도
퇴로를 막거나 전진을 방해하는 적군은 보이지 않는다.

이른바 얼굴 없는 사냥꾼들이 여기저기
성공과 실패, 행운과 불운을 가르는
위험천만한 덫들을 설치해 놓은 채
그 어딘가에 숨어서 먹이감이 걸려들기만을 기다리는
총성만 없을 뿐 매일 격전이 벌어지고 있는 밀림 속
겉으로는 평온해서 그 깊이를 들여다볼 수 없는,

대도시의
가면무도회와 같은 일상.

빵시詩와 시詩빵

내 사무실 근처 부동산 가게에
오래된 친구처럼
만나면
스스럼 없이 산뜻 반가운
공인중개사 여인이 한 분이 있네.

소위 요즈음 말하는 갑과 을의 관계
가 아닌 엄밀히 말해 나는 그 집의
고객인 셈이지만
내가 느끼기엔 나를 상거래 대상으로만
여기지는 않는 것 같네.

현재 내가 사무실로 사용중인 1217호에
"원매자가 나타났는데 혹시 파실 의향은 없으세요?"
가끔 뜬금없이 그런 말을 건네와
사실 실소할 때가 더러 있긴 해도 말이네.

그런데, 오늘은 자기 가게에 들른 내게
자신이 먹던 빵을 잘라 정성스럽게 건네기에

농담삼아 배는 부르지만 "주는 이의 마음이 담겨
고맙게 받겠다" 응답했더니
"대신 빵시詩 한 편 써 주세요" 하네.

그래 한번 써보자!
나는 그분이 준 빵을 들고 탄
엘리베이터 안에서까지
과연 '빵시詩' 도 시의 제목이 될 수 있을까
고민 고민 끝에 이 시를 쓰네

육신을 기르는 빵이 정신을 기르는
의미의 빵이 된다면
그게 곧 시詩빵이 아니고 무엇이겠는가.

낮술의 덕

세상은 파도 파고 높은 살얼음
누구도 이냥 살아남기 힘들다더라
그러니 쓸데없이 전화하지 마 요 아가씨야!
하지만, 그 결심도 잠시
휴대폰이 계속 울려서 열어보니
이미 부재중으로 처리된 전화 1통
하이얀 선의 물음표와 함께 나타난
메시지가 뭔지 왜 이리 궁금할까
아가씨야 혹시 넌 알지 몰라
그 이유는 단 한 가지
낮에 마신 낮술 때문이라는 걸.

제 4 부
씨앗

씨앗

까아만 점 하나
손바닥 안에 놓고
그 안에 흐르는 강물소리와
지난 여름 난만히 흐드러진 꽃밭에서
잉잉거리던 꿀벌들의 날갯짓 소리를
엿듣는다.

비린내 아리던
상처에 어리던
진물자국은 아예 흔적조차 없어
영원한 찰나 그 안에
모든 생성生成의 비밀을 가둬 잠갔는가

밀밀한 어둠 속
건드리면 터질 듯한 고요 고요만이
주위를 감싸고 도네

늦은 가을날 오후.

병원 로비에서

싱그러운 5월
다급한 일이 생겨
병원에 왔다가
우연히 만난
봄날의 평화
생면부지의 서성이는
복도의,

내방객에게 뜻없이 건넨
한 여인의 정성이 가득 담긴
거룩한 커피 한 잔.

씨앗 · 1

생명은
고요
둥근

생명은
두려움
축소된

색즉시공色卽是空과
공즉시색空卽是色 사이
물질과 운동 사이
현대 물리학과 동양 신비주의 사이

낙엽이 비내리는
고궁의 돌담길 어딘가에도
너무 작아 보이진 않지만
엄존하는 비천함과 숭고함 사이
너와 나 사이

있어라 있어도 보이질 않아서 그렇지
축소된 잠재력으로 거기 있어라.

부처님 집안에 들다

입동立冬 하루 앞둔
한 해도 다 저물어가는
바람 불고 찬비 오던 어느 날 저녁
퇴근해서 집에 들어서니
왠지 모르게 집안 공기가 숙연하다
귀염둥이 외손녀가 급성 폐렴에 걸려
병원에서 응급치료 받고 퇴원해서
회복을 위해 안정을 취할 때처럼
어쩐지 조용조용 쉬쉬하는
그런 분위기

이윽고 이어진
아내의 귀띔
딸애 시가媤家에서 손수 재배해 보내온
무공해 유기농 무우청 속에서
죽기 일보 직전 발견된 한 마리 메뚜기 사연
듣고 보니 참 신기도 해라

아들녀석이 가엾다고

물에 전 날개 조심스레 따뜻한 입김 호호 불어
말려주고 지극 정성 살폈더니
이내 되살아나 무우잎을
배고픈 사람마냥 야금거리며 잘도 먹더란다
이건 메뚜기가 아니고 부처님이 환생한 게 분명해
안 그런가

내 안과 집안 가득하여
한갓 미물이오나
함부로 할 수 없다는 이 경외심이 어쩜
내 손녀와도 별로 다를 게 없다는 이 오롯한 생각이……

풍경

추석 전날
아내가 부엌 싱크대 옆에 앉아
명절날 손님상에 놓을 나물거리를 다듬는다
가스 불과 불과 1m도 안 되는 거리지만
일어서기는 좀 불편한 엉거주춤한 상태에서
"가스 불 좀 꺼용!" 하는 아내의 목소리에
멍하니 서 있던 나는 즉각 코크를 비틀어 잠그며
"어이 나 참 가정적이지 그지?"라고 동의를 구했지만
자화자찬은 응답이 없어 제눈에 안경일 뿐
청명한 가을날
북쪽 창을 통해
가시거리에 모두 들어와 있는
인왕산 북한산 도봉산 등을
한눈에 바라보며
모처럼 나의 울 안 나의 일상에도
시詩가 묻어 있음을 느낀다.

웬, 마누라 앞에서의 판토마임

추석 막 지난 어느 가을 저녁
도심에도 안개는 낮게 깔리우고
저녁 식단을 챙기느라 분주한
마누라 앞을
혼자 술에 취해 왔다 갔다 하면서
마치 패전 직전의 나폴레옹이
패잔병 신세가 다 된 참모들이 지펴놓은
모닥불 주위를
비장한 표정으로 왔다갔다 하면서
최후의 결심을 한 듯 중얼거리면서

"여보, 이거 좀 보세요
모처럼 시 같은 것 하나 ……"

나는 방금 「씨앗」이란 습작시 한 편 초(草)해 놓고
마치 천군만마를 얻은 개선장군마냥
의기양양해하지만
불행히도
오랜 세월 생활에 지쳐 무디어진
마누라의 감성을 자극하기엔 역부족이네.

기억 속의 풍경
— 시인의 집

1966년 말 무렵 서울 용산구 후암동 141의 1
남산자락 가파른 언덕배기에 위치한
고故 이인석李仁石 시인이 격변의 한 시대를 그의
지사적 품격으로 맞서 각종 장르의 글로써
풀어내던 청빈의 집에 대하여
나는 국회의사당에서 공직자 비리에
대한 청문회가 열리는 오늘
꼭 47년만에 다시 생각해 보네.

그가 쓴 시 「시인과 전기난로」*와
「이순耳順의 매춘녀賣春女」**를 다시 읽어보네.

비록 그의 유골은 그가 생전 그토록 원하던
통일을 보지 못한 채 그가 떠나와 다시 돌아가지 못한
북쪽 고향땅을 향해 지금도 남녘땅 한 공원묘지에 묻혀
있지만
우리 민족의 이 유예된 삶을 아직도 이처럼 괄호 속에
오랜 세월
가둬 놓고 있는 것은 과연 무엇인가.

그 이유를 처음부터 다시 생각해 보기 위해서네.

＊ 이 시에는 시인이 모처럼 냉방에 전기난로를 구입, 켜놓고 아내를
　불러 낙엽 같은 언 손을 같이 쬐며 좋아하다가 채 5분도 못돼서 전
　기료가 아까워 끈다는 내용이 나온다.
＊＊ 이 시에는 전후 1960년대 이순이 넘어 병들어 쇠약한 매춘녀가
　목숨을 부지하기 위해 밤거리에서 손님을 유혹한다는 메시지가 담
　겨 있다.

전주全州 소감所感

나는 지금 아주 위험하다
그간 비틀거리기만 하다가
꼭 42년만에 고향에 와서
아무나 껴안고 울고 싶게
행복하니까.

"인생은 짧다, 시시하게 굴지 마라"
이는 내가 내게 주는 말
지금의 내겐
죽음의 불안이나 살아온 삶의
얼룩 같은 것은 안중에 없어
영원히 이 자리에 선 채로
화석이 되고 싶다.

(여기까지의 사연은
서기 2012년 9월 21일
전북문학관 개관식에 참석했다가
즉석에서 초청장 뒷면 여백에
볼펜으로 꾹꾹 눌러 쓴 귀향 소감.)

풍경 · 1
── 국립 암병동 양성자 치료센타

A, 환자: 다음에 뵙겠습니다.
B, 의사: 다시 오진 마십시오.

〔희귀병인 맥락막흑색종(melanoma:안암의 일종)에 걸린 환자가 치료를 위해 데드마스크를 쓰고 해당 안구를 고정시킨 후 이발소의 그것과 유사한 의자에 포박된 후 거대한 방사능 발사장치의 요란한 소리와 함께 정확하게 방사선을 투사받는 다섯 차례의 힘든 모의치료 과정에 이어 비로소 한 달여의 실제 치료 과정을 또 거쳐야만 일단계 잠정적 완치를 확인하게 된다.

이때 환자가 오직 살아남게 된 안도의 기쁨으로 지금까지의 힘들었던 모든 과정도 잊고 포박에서 풀려나 스스로 두 다리로 서자마자 의사에게 엉겁결에 "정말 감사합니다" "그럼 다음에 또 뵙겠습니다'고 인사말을 건네자, 의사 역시 "고생하셨습니다. 그러나 이런 치료를 위해선 다시는 오지 마십시오!"라고 조금은 단호하면서도 의사답지 않은 표현까지 동원되던 서기 2010년 세밑 어느날 국립암센터의 암병동 양성자 치료센타 지하 1층.〕

재앙災殃 이후

언제부터인지는 확실하지 않지만
한쪽 눈이 자주 침침하다는 생각이 들어
노안老眼쯤으로 여기고 버티어 오다가
최근 들어 이건 아닌데 불현듯 위기감이 들어
병원을 찾았지

그런데 검사 후 의사 왈 자기도 믿고 싶진 않으나
맥락막흑색종(melanoma)*이 의심된다는 거야
하필 내게 그같이 무시무시한 병이
무슨 까닭으로 찾아왔을까. 이 사람아, 까닭은
무슨 까닭 그러니까 재앙이라는 거지

처음엔 남의 일처럼 중얼거리다가
생각이 여기까지 미치자 거의 반사적으로
나도 모르게 한하운의 시 "나는 문둥이가 아니올시다"를
절규하듯 내뱉고 있었지
그리고 위안이라도 삼으려는 듯 연이어
말년에 실명하고도 불후의 명작을 남긴
대문호 밀턴과 보르헤스를 떠올리고 있었지

분명 체념과는 다른 색깔이었으니까 실은
불굴의 의지로 검은 망토를 걸친 이 불청객과
한번 맞서 보겠다는 심산이었을지 몰라

어쨌든 그간 나는 살려는 의지 하나로
수많은 선택적 미로의 바다 위에 떠돌다가 생과 사의,
의학적 예상과는 다르게 아직까지 살아남아
이 글을 이렇게 쓰고 있다는 사실 그 자체가 경이롭다고
하면
혹 이 세계를 주관하는 절대자에겐 다소 불경不敬이 될지
도 몰라
아아니, 그보다도 금번 내 자신 몸소 겪은 재앙 이후
우리가 그토록 열망하는 행복이라는 것도 한눈팔고
몰라봐서 그렇지 닫힌 심안心眼을 열고 보면
지금도 내 옆에서 아주 작은 모습으로 반짝이고 있을 수도
있다는 것을 비로소 알게 된 것이 크나큰 소득이라 할 수
있지.

* 1년 전국 발생자 30명 미만의 흐귀 악성 안암(眼癌)의 일종.

제 5 부

나는 나를 배달시킨다

내 인생 원고原稿

내 인생 원고는 오프-라인 종이책이
아니어서 넘긴 페이지를 되넘겨
다시 수정 보완할 길이 없다.

오자誤字 탈자脫字는 물론 더러 뒤바뀐 페이지도
없진 않지만
그리고 자갈길처럼 미끄러지며
불가항력적으로
유통화폐처럼 유통된 적도 없진 않지만

그것도 이제는 지평선처럼 아스라이 먼 이야기——.

그러니
뒤가 좀 켕기더라도 앞 페이지를 향해
앞으로 열정적으로 나아갈 수밖에 없다.

물론 내 인생 마지막 페이지는
내 종명終命의 시점이 되겠지만
부끄럽더라도 그 땐

내가 몸바쳐 써 온 원고 내용대로
공판 경매장의 비정한 평가에
내맡길 수밖에 없다.

어느날 내게 무소불위無所不爲의 절대자 나타나
혹 내게 예외로 내 삶에 어게인 플레이를
허용해 준다 해도
지금까지 내가 써온 삶의 원고보다
더 나은 원고가 된다는 보장도 없으므로——.

쓰고 싶은 시詩

지상地上의 시간에서
대기권 안에 있을 때
변화하는 절후節侯 속에서
온갖 풍상우로風霜雨露를 겪으며
지나는 사람들의 발걸음
신발 끄는 소리〔예리성:曳履聲〕까지
온몸으로 받아 일일이
풀어서 시를 쓴다.

내 주소는 태양계 지구촌
서울 서초구 서초동 중앙로 200번지

이곳에서 나는 오늘도
지용芝溶의 시집『백록담白鹿潭』속의
하이얀 시간의 바람이 돼서 시를 쓴다

가급적 내가 시시한 나로부터
멀리 떨어지는 일이
고공高쫒에서 낙하하듯 힘들지만

그래서
갑작스런 돌개바람에 때로
거꾸로 말려 오르기도 하지단

그래도 아쉬운 대로 범부凡夫의 삶이
이만하면 됐다 싶을 땐 맑은 밤하늘
반짝이는 별을 보고 자족해하며
진정 쓰고 싶은 시詩 쓰면서 산다.

행복의 얼굴

행복하십니까?
불행하십니까?
그냥 멍한 상태입니까?
그도 아니면
점괘占卦를 믿듯 무조건
밝은 미래에 맡긴
자신의 몸을 확신하십니까?
이도 저도 아니라면
꿈꾸는 다른 무엇이 있기라도 하십니까?

만약 그런 확신마저 없다면
아예 존재도 없는
당신이 지금 걸어야 할 길은
무의미 그 자체이거나
아니면 다행히 또 다른 절규絶叫라고 할 것이니
간절함이 찾아올 수 있도록
심기일전하여
당신의 삶을 다시 조율하십시오

그래야 겨우 어디선가 행복의 옆모습
아니면 뒷모습이라도
보이기 시작할 터이므로.

풋풋한 마음의 힘

처음 알았지만 너무 귀하고
너무 늦었지만
아직 시효 끝나지 않아 항상
나의 원심遠心과 구심求心 사이
새로운 의미 공간과 길항拮抗하고
요동치면서 자장磁場으로 자리 잡고
가장 나를 나답게 만들어 주는
이승에서의 마지막 최귀한 핵연료 같은
그것은 언제나 시들지 않는
너와 나 사이의
이 풋풋한 마음.

재래시장의 물건값으로 치면
푸성귀 한 단 값이나 될까 말까 한
이 자각의 힘이
놀랍게도 잠재력이 되어
오늘을 이처럼 나의 최초의 날로
만들어 줄 줄을
이전에 감히 그 누가 알았으리.

생존 경쟁 그 수단이고 목표라 하여
늘상 키재기 아니면 돈자랑만으로
하루해가 저무는 이 저자거리에서
그래도 우리네 시든 마음의 표면장력을
이만큼 팽팽하게 유지시켜줄 줄을
이전에 감히 그 누가 알았으리.

불편한 진실

스승의 날 고마운 스승님께
전화도 안 드린 채 모르쇠로 일관한 나는
뜻하지 않은 제자로부터 꽃바구니 선물을 받고
솔직히 너무 낯설어 기쁘지만은 않았네.

하지만
보낸 이의 마음만은 헤아려 봐야 하겠기에
역시 회신을 안 한 채 모르쇠로 일관하다가
다음날 오후쯤 아무래도 괜한 빚쟁이가
되는 마음의 부담은 없어야 한다는 생각에
"인생이란 예술은 가장 아름답고 어렵고 귀중하다"
는 에리히 프롬의 말을 인용한 가족모임 후일담을
모티브로 최근에 쓴 자작 담시譚詩 한 편을 보냈네.

"DUTY MONTHLY 5월 가족모임 소회"라
제題한 혈육의 정을 주제로 한 것이었네.

알고 보면 이 또한 그 명목만 다를 뿐
인생의 야영장에서 벌어진 실존을 위한

힘겨운 전시작전권 행사와 같은 내 나름의
비상대책이 아니었을까 싶기도 하다는 생각이 드네.

착시_{錯視}

보긴 했는데 잘못 볼 때가 있다
사람도 사물도 먼저 마음으로 보려고
고집하는 경우가 종종 있다
사실을 보지 않고 자기 안에 내장된 정보가
앞에 나서 망막의 렌즈를 가리는 때가 있다.

알고 보면
직선이 굽어 보이거나
지구 표면이 팽팽해 보이는 것도
같은 이치에 속할 수 있으리란 생각을
하게 될 때가 있다.

하지만
소망사고_{所望思考}와 같이
믿음이 삶을 규제하는 것과 유사한
착시가 모여 쌓여 간혹 현실이 되는 경우도
없지 않을 것이기에
"제 눈에 안경" 이라는 속담도
알고 보면

개인적 착시의 효과— 영양가는 마찬가지로서
같은 맥락에서 이해해 마땅하지 않을까 하는
생각을 하게 될 경우가 있다.

인생 직무정지 가처분 신청

조간신문 오늘의 운세란
40년생 용띠
재물 좋음
건강 양호
사랑 기쁨
누구나 재미삼아 보는 것이라곤 해도
맞거나 말거나
나 역시 여기에 잠시 신경 쓰여지데.

말하자면 그 옛 시골 마을 농사철엔가
어르신 한 분께서 올해엔 절기가 좋아
분명 이 마을에도 풍년이 들 거라고 하신
말씀 한 마디에 우리네 듣는 이들 모두
금세 마음 속 빈곤의 얼굴이
환해지는 것을 느낄 수 있었던 것처럼
이 간단한 신수풀이 몇마디에
나 또한 어쩔 수 없이
지금 비었던 마음 한 켠 어딘가에
온기가 도는 것을 느끼네.

그러니까
난 잠시 성실한 생활인으로서가 아닌
지나친 몽상에 빠져 태업怠業을 한 셈이니
우리네 어쩔 수 없는 소망사고所望思考의
결과적 소산所産이라고는 해도
또 달리 생각해보면 부끄럽게도
스스로 내가 내 인생에
직무정지 가처분 신청서를 낸 꼴이 됐네.

나는 나를 배달시킨다

주문한 4500원짜리 옛날짜장 한 그릇이
굳어져 곱빼기가 돼 돌아왔네
그 이유는 단골집이라서 마음 편히 주문한 내가
꽃배달처럼 생각하고 그 한 그릇을
가까이 있는 사랑가게를 하는 연인에게 배달하고픈
한아름 옥잠화나 장미꽃다발과 구분하지 않고
그 내밀한 설명을 덧붙이지 않은 때문이네.

하지만 그 일로 그 현실을 수용하지 못해
잔뜩 화가 난 나는 그로 인해 새삼 그 세계는
내가 꿈꾸는 그 세계 자체가 아님을 알게 되네.

그리고 그것이 그 일상세계에
얼마나 큰 도전인가도 알게 되네.

결국 나는 바로 그 자리에 선 채로
조금 전에 주문한 한 그릇 짜장면이
음식이 아닌 더 나은 세계를 꿈꾸다가
좌초 직전에 다시 내 자신에게 간신히 배달된
내 자신임을 알게 되네.

자식의 귀가_{歸家}

"품안의 자식"이란 말이 있긴 하지
하지만 자식을 많이 둔 나로서는
가끔 그 생년월일은 물론 이름조차
아리송할 때가 있다네.

몇 년 전 누가 제게 직접 만나 상을
주겠다 하여 제 발로 집을 나간 아들녀석을
분망한 중에 오래 잊고 지냈는데
어느날 택배 아저씨의 양손에 들려
마치 군대 갔다가 제대 후 몇 년만에 돌아왔을 때
처럼 몸 어느 한 군데도 상하지 않은 채
오랜만에 돌아와 줘 너무도 반가웠네.

자기 몸으로 낳은 혈육의 자식이든
자기 머리로 낳은 지적 재산권과 관련된 저서이든
다 똑같은 자식인 건 분명한데
만일 낳아 놓고도 돌봄 없이 망각의 늪 속에 방치해 둔다면
아무리 자기 자식이라 해도
그를 자기 자식이라고 주장하기엔 어쩐지 좀
개운찮다는 생각까지 들면서 말이네.

큰 일

얼마전 둘째에게서 저의 집 살림
정리를 해보니 컴퓨터 의자 하나가
자리를 잃었는데
버리기가 아깝다고 연락이 와
현재 임시로 쓰고 있는 것보다
나을까 싶어 대뜸 가져왔지.

그런데 처음엔 현재 사용 중인 것보다
특별히 나아 보이지 않아
괜한 수고를 했구나 싶었지.

그래 그 둘 중 어느 것을 버릴까 말까
결단하지 못해 주저하기 여러 날
결국은 새로 들여온 의자의
우월한 기능의 뒤늦은 확인으로
아주 작은 사고지만 막을 수 있어
안도의 한숨을 날릴 수 있었긴 하지만―.

더러 우리들 삶에서도 판단착오로

운명이 뒤바뀌는 일과 같은,
실로 큰 일을 내는 일이 의외로 많아,

한계령 고갯길에서 학생들 수학여행 버스의
브레이크가 고장이 나 아슬아슬하게
위험한 난간에 걸리는 것처럼이나
큰일날 뻔한 일들이 의외로 많아,

작은 주의집중과 균형감각이
때로는 더 큰 일도 이길 수 있다는 것을
처음 알았지.

이미지 중복 사고

술에 많이 취해
늘 다니던 골목의 빌딩이 낯설어
속으로 "아니야! 아니야!"를 드뇌며
집이 있는 쪽과는 정반대의 길을 맴돌던
그런 부끄러운 시절이 내겐 있었네.

하기야 사르트르의 소설 『구토』의 주인공
로캉탱은 나처럼 술에 취하지 않고도
어느날 모든 주위의 사물이 갑자기 낯설고
뒤집혀 보여 구토를 할 정도였다니까
얼핏 생각하면 그보다는 내 편이
좀 나은 듯 싶기도 하지만
요즈음에 와선 그도 저도 아닌
이미지 중복 사고로 더 당황해 할 때가
많아 더 고민이 되네.

가령 마을 저자거리 사람들 총중의 일원이 되어
노잣돈 마련을 위해 꽃을 팔던 어느 80대 할머니와
아침 일찍 마실 음료와 먹거리를 정성껏 준비

산책로 정자에 나와 마을의 다른 노인들에게
즐겁게 담소하며 나누던 할머니의 겉모습이
너무도 닮아 전혀 당사자들과는 무관한 엉뚱한
인사말을 건넸다가 "앗차! 실수였고나" 하며
난감해하는 경우가
바로 그 한 가지 예라고 할 수 있네.

인지->판단->조작의 자동차 운전 수칙에 비유한다면
이건 분명 대형 이미지 중복 사고임에 틀림 없어
30여 년 전 학업을 위해 같은 캠퍼스를 드나들던
동기생들끼리 서로 몰라보고 늙으막에
공원 산책길에서 우연히 만나 "초면에 실례지만"
이란 단서를 붙여 말을 건네는 경우의 실수와
조금도 다를 것이 없다 하리.

인생 계고장戒告狀

인생은 가장 쉽고도 어려운
1차방정식 뒤에 숨겨진 고등 수학
어느 경우에도 결정권決定權을 행사하지 말라
꽃봉오리가 열매로 이어지는 결정結晶의
위대함을 놓치지 않기 위하여

그리고 또 두려워하지도 말라
뒤에 숨겨진 어린 아이의 숨결과 같은
삶의 소중함을 이해하기 위하여
잰걸음으로 낭떠러지를 오르지 말라

무슨 음모 뒤의 통곡소리 같은
지진탐지기 같은 예민한 감성으로
산천초목山川草木과 일월성신日月星辰 같은 세분도細分
圖도
전체 판도의 물결무늬로 바라볼 줄 알라

일단 우리에게 주어진 삶은 그 무늬에
맞물려 끝간 데 없이 계기적繼起的으로 이어지는 것

그래서 우리는 오늘도
각자 영혼의 배후에 떠도는 기분과 감정
그 흐름을 따라 그 소중함 하나로
너의 개별성과 나의 다름도
인생이란 배 위에 올려 함께
거친 파도 속에서도 항해하거 앞으로
나아갈 수 있으므로―.

왕따의 승리

내 마음 속에서 이미 왕따된 친구가
실제 현실 공간에서
반대로 나를 왕따시켰을 때
대개는 아연실색할 뿐 반대급부로
올 것이 왔다고 생각하질 않지

오늘 우리는 삶의 도처에서
왕따를 목격하고 또 경험한다 말하지
왕따는 원시시대부터 지금까지
동물의 세계는 물론 인간세계에 이르기까지
간단없이 이어져 왔으니까.

하지만
사회적 왕따나 가족간의 왕따보다
더 무서운 것은 자기 자신으로부터의 왕따지
황소 같은 힘이 있은들 무슨 소용이랴
정신이 무너지면 육신이 따라와 주지 않는 걸

영국시인 밀턴도 세계여행을 마치고 돌아왔을 때

크롬웰 호민관 밑에서 왕당파의 찰스 1세를
단두대로 보내라는 격문을 쓴 죄로
사형을 언도받아 요행히 찰스 2세에 와서는
사형집행은 면제받지만 이미 그땐
가정과 사회와 자신의 육체로부터
왕따를 선고받은 뒤였지
하지만 그는
여기서 이 가혹한 운명에 굴복하지 않았지

실명한 상태에서 12세 된 딸에게
구술형식을 빌어서 세계적인 명작
대서사시 『실낙원』을 완성하는데 성공
인류 역사에 길이 남을 금자탑을 쌓았으니까
그는 스스로
자신에게 찾아온 그 크고 무서운 왕따를
마침내 왕따시키는 데 성공한 것이지.

BLACK FADE OUT

[장면 1]
어미 꿩 까투리 한 마리가
나지막한 야산 풀섶에
이제 막 알에서 깨어난
누르스름한 바탕에 검은색 줄무늬를 한
여러 마리의 새끼들과 함께 나타났네

그런데 눈 깜짝할 사이
새끼들이 뛰어오르기엔 너무 높은
시멘트 수로 바닥에 몽땅 빠졌네

동시에 나타난 야생 족제비 한 마리
놀란 어미 까투리 재빨리 새끼들을
품에 안아 안심을 시켜 놓은 후
포식자를 따돌리는 그 사이에 또 귀신같이
까치들이 나타나 새끼들을 부리로 찍어
그 전부를 물고 날아가 버렸네

그 살생 현장에 이후에 나타난
어미 까투리 그 정황을 전율로 받아들였는가
고개를 쳐든 채 꼿꼿이 서서 꼼짝도 하지 않네.

[장면 2]
리모콘으로 TV를 켜자마자
배고픈 어미 표범 한 마리가 나타나
먹이사냥을 가려고 은밀한 굴 속에
새끼를 숨겨놓고 잠시 자리를 비운 사이
어디서 포식자 거대 뱀이 나타나
굴 속에 잠입하는 모습이 화면에 잡히네

이어 배가 불룩해져 굴 속을 빠져나오는
포식자 거대 뱀 스며들듯 숲속으로 사라지고
뒤늦게 먹이를 사냥해 돌아온 어미 표범
현장상황을 직감 절망할 사이도 없이
진범을 찾아 사투 끝에 포식자 뱃속에서
소화되기 직전에 토해낸 새끼의 사체를 물고
자리를 옮긴 다음 예정된 통과의례 수순처럼
흔적을 지워 이 천인공노할 큰 슬픔을
애써 지우려 함인가
스스로 먹어 치운 후
먼 허공을 향해 포효하며 울부짖네.

어느 시인詩人 부부의 행복법

월-금 드라마 방영시간에 맞춰
정확히 귀가한
시인 남편은 현관에 들어서자마자
"여보 지금 나 방금 배달됐어요" 하네
이에 맞서 싱크대 앞에 서 있던 부인은 그 인사말을
즉석에서 맞받아 주문 요리하듯 이렇게 말하네

"여보 내가 만일 수취 거절하면 어쩌려고 그러세요
어서 들어와 제가 처음 요리해 본
일본산 참치 요리나 한번 들어 보세요"

나는 마누라의 그 화답 겸 제의에
미처 그곳 원자력 발전소 방사능 유출 사고도 잊은 채
마누라의 그 말만 믿고 식탁에 차려진 요리를
열심히 맛있게 먹은 후
이윽고 다시 한 번 곰곰이 생각해 보네
혹시 내 마누라가 일본산 첩자는 아닌지를,

하지만 마누라 입장에서 보면

그래서 시인 마누라로 평생을 해로하는 것은
매일 불안한 비현실적 행복을 행복으로 느낄 줄 아는
금도에 해당하는 인내와 비전이 없인 불가능한,
참고 살지만
실제론 참기 힘든 일일 수도 있지 않을까 하는
문득 그런 생각이 들기도 하네.

겸상兼床

도심의 붐비는 점심시간
한 식당에서 내가 앉을
마땅한 빈 자리가 없어
주인이 정해주는 대로 앉다 보니
어쩌다가 나는 난생 처음
묘령의 여인과 겸상을 하게 되었네.

그런데 말없이 서로 마주앉아
음식을 기다리는 어색한 시간이
너무 곤혹스러워질 즈음
다행히 내 눈에 들어온 것은
그 여인이 소지한
책이 담긴 대형문고의 종이봉투였지
내가 소지한 것과 똑같은—

그래 이 때를 놓칠세라 내가 건넨 화두는
러시아 작가 안톤 체홉의 「비애」란 단편 이야기
병사한 어린 아들을 땅에 묻고 이 날 그 슬픔을
이겨보려고 마차 위에서 눈을 맞으며

온종일 손님을 기다린다는……

그러나 자기 슬픔을 들어 줄 손님은 끝내 오지 않고
결국 마구간에 도착 말을 붙들고 말에게
슬픔을 토로한다는,
좀 엉뚱한 것 같다는 생각이 들긴 했지만,
우연의 연속인 무질서한 현실보다
필연적인 허구인 문학이 더 진실하고도
아름다운 이유를 말하면서 동시에 현실 속의
우연한 만남도 또 다른 계기적인 삶으로
이어질 수 있다는 가능성을 열어놓은 채―.

단 몇 분 사이
우린 다시 만날 기약은 없지만
그래도 오래 사귈 친구처럼 서로 통성명을 하고
악수를 하고 헤어졌네.

변화

언젠가 젊은 시절 써 놓았던
낡은 노트의
누군가의 좌우명
"지치면 진다 미쳐야 이긴다
기죽지 말고 신나게 사는 거야"
이제 퇴색 직전의
왠지 가슴에 와닿지 않는 이 말을 지운다
그리고 그 여백에 대신
"마음을 다스린 후 행동하기"와
그 바로 밑에
"욕망〈절제〈균형〈지혜"란 부등호 표시를 한
말을 써 넣는다
자동차 운전에서 동력 엔진은 필수적이지만
안전을 위해 브레이크와 변속기를 사용하여
속도를 조절해야 하는 것처럼
그래야 필요한 쾌속의 속도감도 즐길 수 있다는
생각이 들어서……

쓰레기에 관한 명상

한때는 쓰레기라고 해서 모두 필요악일까 하는
의문이 들 때도 있었지
옛날 농촌에선 두엄 쓰레기며 분뇨까지도
농작물의 훌륭한 밑거름이 되어 풍년을 가져오기도
했으니까

그런데, 성자 책봉에서 제외되어 역모逆謀를 꾀하다 SATAN이
지옥에 추방된 후
에덴동산에도 과연 쓰레기는 존재했을까
지금같이 쓰레기 종량제란 말까지는 아니라고 해도
더더구나 쓰레기와의 전쟁 선포까지는 아니라 해도
그 때도 인간이면 생물체로서 먹고 마시고 하는
신진대사는 없진 않았을 것이라 미루어 생각해 볼 수는
있는 일이므로……

그런데 MILTON이 『실낙원夫樂園』을 집필한 지
300년도 훨씬 지난 오늘 서기 2013년 3월 24일 현재

한국 서울의 한 도심공원 이른 산책길에서 만난 송옹朱
翁은
숲가에 버려진 온갖 쓰레기들을 잘도 찾아 들춰내네.

나도 오늘 그분의 흉내라도 내 볼 셈으로 행인들을 의
식하면서
조금은 용기를 내서 자연스런 행동으로 비쳐지길 바라
는 마음으로
냉큼 길 위에 버려진 한 움큼 쓰레기를 주워 양손에 들
었다네.

하지만 나는, 얼마 못 가서 나도 모르게 그 쓰레기로부
터 벗어나고 싶어
계속 쓰레기통을 찾았지만 마땅히 버릴 만한 곳을 끝내
찾지 못한 채
그것들을 결국 집안에까지 들고 왔지.

그런 중에 예기치 않게 나는
담배꽁초나 쓰레기 등을 노상이나 배수구 엘리베이터

승강기 내 아무 데나
　남이 안 볼 때 슬쩍 투기하는 사람들의 심리상태를 알
게 됐지.

　그 속에 구속과 자제가 싫어 그로부터 벗어나려는 천한
야만의 원심적 본능이
　숨어 있다는 사실을 알게 됐지.

　정말 생각하면 식은땀이 나는
　기억하고 싶지 않은 간신히 양심의
　마지노선을 지켜낸 불온한 하루였네.

[담시譚詩]
DUTY MONTHLY 5월 가족모임 소회所懷

Ⅰ. 프롤로그

딸이 셋이나 돼 더러 딸부자집으로 불리기도 하는 우리
가정은 가정의 달엔 가족들이 한번쯤 모두 모이려면 서로
다른 사정이 많아 날짜잡기가 그리 쉽지 않다.

그런데 금번엔 손자 손녀들을 위주로 잡다 보니 5월 5
일에 모이기로 합의를 봐 점심때쯤 서울 근교 경관 좋은
음식점에 모여 웃고 떠들고 선물도 서로 교환하며 재밌게
혈육의 정을 나눈 뒤 교통 혼잡을 고려 좀 일찍 각자 자기
들 보금자리를 찾아 떠났다. 바로 이틀 전 일이다.

다음은 어버이날인 오늘 갓 40에 접어든 약사인 맏딸이
일하면서 제 엄마 아빠에게 보낸 문자 메시지의 내용이다

Ⅱ. 정말이지 아빠 엄마 두 분이 계셨기에 제가 지금 이
렇게 건강하게 일하면서 좋은 세상에서 편하게 살고 있는
것 잘 알아요. 힘든 일 좋은 일 인생살이 다 지내다 보면
훗날엔 추억이 될 테니 두 분도 오늘 좋은 날씨만큼이나
행복한 하루가 되세요 엄마아빠 사랑해요 감-사합니다.

어찌 보면 누구나 할 수 있는 의례적인 이 말이 오늘은 어찌 코끝에 머물며 눈시울을 이토록 적시게 하는가.

나는 내 사무실에 도착하자마자 제일 먼저 짐짓 감정을 다스리면서 다음과 같이 회신을 하였다.

Ⅲ. 바로 요 며칠 전 귀엽고 건강하게 잘 키워 눈에 넣어도 아깝지 않은 너희 자식들을 각자 데불고 와서 우리 품에 안겨준 것만으로도 족한데 또 일과 중에도 잊지 않고 지난번 헤어질 때 아쉬웠던 마음을 담아 정리된 메시지까지 보내줘 우리 딸이 잘 자라 이제 어른이 다 되었구나 문득 그런 생각이 들어 내심 고맙고 기뻤다. 오늘도 건강한 하루가 되거라. 사-랑한-다.

Ⅳ. 에필로그

그런데 지금 이 순간 왜 하필 "인생이란 가장 어렵고 아름답고 귀중하다"라고 한 에리히 프롬의 말이 먼저 떠오르는가

제6부

여숙旅宿

추억 속의 여행

에델바이스가 국화로 지정된
아름다운 산악의 나라 오스트리아
70여 개의 크고 작은 호수가
한눈에 들어오는,

산정에서 내려다보면
마치 검은 색 둥근 안경테 안에
하늘색 글라스가 수없이 박혀 있는 듯한,

잘츠캄머굿에서 올랐던 산등성이를
다시 곤돌라를 타고 내려와
소금산이란 뜻의 모차르트의 고향
잘츠부르크로 떠나네.

영화 〈사운드 오브 뮤직〉의 촬영지로서
가족합창단의 마지막 공연을 앞두고
주인공 T대령이 나치군 동원령을 받고
쫓기다가 천신만고 끝에
위기탈출의 거점으로 삼았던

바로 그 준험한 산악지대이기도 한,

아니 온 생명을 쏟아부을 수 있는 열망으로
마침내 살아남아 관객들에게 안도의 한숨과 함께
새 희망을 품게 하는 현실 속의 배경이기도 한,

아니 오래 전 동유럽 여행 중에 겪었던 많은 일들 중에
아직까지 내 뇌리 속에 살아 남아
새삼 나를 행복한 전율로 떨게 하는
꿈의 요람이기도 한.

아름다운 우울

서기 1968년 바출라프 광장에서 시작된
체코의 자유와 민주화의 물결 그것은
알고 보니 단순한 우발사건이 아니었네.

당시 소련군의 발포에 맞서 항거하던
팔라치와 자비츠라는 청년의 죽음
그 후 20년이 지나 비로소 열린 자유의 땅
지금도 그 옛날 들릴 듯 들릴 듯한 궐기하는
민중들의 그 함성 속
거리엔 어스름이 내려도
여전히 뒤척이며 다뉴브는 잠들지 않고
영화 〈글루미 선데이(Gloomy Sunday)〉의 구슬픈 주제
곡이
야경을 보러 유람선 선상을 서성이는
많은 관광객들의 우울한 가슴을 파고드네.

그 영화의 주인공들은 지금 어디 갔을까
갑자기 거의 같은 시기 소련군 침공 때
헝가리를 모티브로 한 김춘수 시인의

「부다페스트에서의 소녀의 죽음」이란 시의
한 구절이 떠오르네.

"다뉴브 강에 살얼음이 지는 동구의 첫겨울
가로수 잎이 하나 둘 떨어져 뒹구는 황혼 무렵
느닷없이 날아든 수 발의 소련제 탄환은
땅바닥에 쥐새끼보다도 초라한 모양으로 너를
쓰러뜨렸다" 는,

아름답지만 슬픈 역사를 지닌
신성 로마제국의 수도
소설 「변신」으로 유명한 카프카도
한때 군중들 사이를 숨죽여 걸었을
이 프라하 성의 거리를
이방인인 나도 지금 그들과 같은 마음이 되어
고개 떨군 채 하염없이 걷고 있네.

세기의 염문艶聞
— 오나시스와 마리아 칼라스와 재클린에 얽힌

세기의 목소리 마리아 칼라스가
어쩌다가 재력과 남성미 넘치는
선박왕 오나시스를 좋아한 것까지는
그렇다고 치자. 그도 인간이니까.

하지만 아뿔싸!
그 사이에 케네디 미망인 재클린 여사
까지 끼어 한몫 하다 보니
세기의 행복시장은
언제부턴가 한산해져
해도 기울기 전 파장이 된 기분이네.

그들의 음색과 명성과 실루엣만
몇 안되는 사람들의 기억 속에 남고
지금 푸른 지중해 상공엔
그들을 유난히 좋아했던 사람들의
허무한 마음의 몽타주만 구름처럼
잠시 모였다가는
그 어딘가로 지향 없이 흩어져 가는

한때 찬란했던 그 옛날의 영화를 잃고
영원히 지워지지 않는 전쟁의 폐허 위에
화강암 유적들만이 즐비한
남루한 너 그리스여.

장다리같이 키만 크고 표정이 없는
대통령궁 앞 보초병의 그림자만
길게 드리워져 있는 오후 한때.

오나시스와 그의 두 여인이
함께 가끔 들러 머물곤 했었다는
한 호텔 앞을 지나며
많은 풍문들에 솔깃해 하는
여행자들의 틈에 끼어 나 또한
새삼 제행무상諸行無常을
마음 속으로 되뇌어 보네.

* 그리스 여행을 마치고 두바이행 기내에서 (2008.6.9)

폴란드 여행기

여행 전용버스를 타고 폴란드의 크라카우 지방을 지나며
이곳은 봄 여름 가을이 유난히 짧고 겨울이 길어서
선풍기가 따로 필요 없다는 안내원의 말이
왠지 낯설게 느껴졌네
그만큼 여행자 우리 모두가 갑자기
낯선 이국땅 낯선 이방인으로 느껴졌지.

그리고 지나는 길가 집집의 베란다마다 드리워져 있는
꽃넝쿨은 너무 따뜻하고 포근한 느낌이 들었지만
동거 일 년 후에나 결혼 여부를 결정한다는
타산적인 이곳의 풍습과는 도시 어울리지 않는
엉뚱한 풍광처럼 느껴졌네
더욱이 수도 바르샤바 근처 수직 80m 깊이
소금광산의 얘기 중에도 그 좁은 통로 때문에
새끼 때 데려다가 죽을 때까지 그곳에서 일만 시켰다는
슬픈 용역마의 얘기는
왠지 기억하고 싶지 않은 떨떠름 그 자체였지.

하지만

동유럽 여행 중 가장 낯설게 느껴지던
낯선 땅 폴란드의 낯설음은 이뿐만이 아니었네
쇼팽, 셍케비치의 조국이라는 선입견 때문이었을까
버스가 도심을 벗어나 교외를 달릴 땐
산비탈 농가의 전원적인 풍경이
화가 밀레풍의 그림과 흡사하다는 느낌이 들기도 했지.

여숙旅宿

노르웨이의 한 산정의
천장이 훤히 뚫려
하늘이 침실 안을 들여다보는
돈베스라는 좀 낯설고
허름한 호텔에서 일박을 하고
눈덮인 산봉우리를 양 옆에 끼고
이 지방 출신 팝페라 가수의
노래를 들으며
유명한 피요르드 하당에르로 떠난다.

24.5킬로 세계 최장의 라르달 터널도 지나
산악열차도 타보면서
인생이 다만 내 인생에 그치지 않고
자연의 일부로서 소리내는
건강한 숨소리를 들으면서
여숙이라는 이 세상의 한 나그네로서
내 모습을 그려보나니
며칠 후 한국 서울의 내 보금자리에
돌아간 후에도

지금의 내 모습은 내 심상어서
결코 지워지지 않으리.

그리하여
가난하고 외롭고 슬픈
세상의 모든 나그네들은
혹시라도 어둡고 두려운 밤을 지나
밝고 신선한 아침의 바람을 만나면
이렇게 외쳐 보아라.

이 세상에 이렇게 숨쉬며 살아 있음이
곧 축복 그 자체라고
그래서 영원한 것처럼 꿈꾸며 살겠다고
그리고 바위산과 숲과 호수
끝없이 펼쳐진 초원이 있어
양과 말이 한가로이 풀을 뜯고 있는
이 세상은 바로 곧 우리들의 여숙旅宿이고
그리고 그 여숙은 우리들이 떠난 후에도
영원히 지구상에 남아 존재할 거라고……

몸 둘 바를 모르다

난생 처음
스칸디나비아 북쪽 끝
노르웨이 땅
오랜 세월 누적된 빙하의
하중에 못이겨
그 침식작용에 의해 생겨난
피요르드 가잉게르에 와서
자연이 만들어낸 조화와 아름다움에
새삼 감탄한 나머지
내 몸 둘 바를 모르다.

내 일찍이 다녀 본
여러 나라들 중에서도
아니, 지중해를 비롯
동유럽과 서유럽 등
여러 나라들 중에서도
내 생각을 이렇게
미괄식 문장에 가둬 정리해 준 곳이
바로 이곳이기에

하늘과 땅 사이의 사람에 대하여
그리고 삶과 죽음에 관하여
그리고 지금까지
내가 만난 모든 것들에 대하여
명상을 통하여
또 하나의 두괄식 문장에 가둬
앞으로 살아갈
남은 날들에 관한 방향과
사유의 틀을 마련해 줌으로써
다시금 나를
삶의 늪으로부터 건져 올려
쇄락한 정신으로
다시 태어나게 하는 힘을
실어주고 가르쳐준
이 직관적 상황이 그러하다.

이곳에 와서 난 지금 특별히
무엇을 원치 않아

난 비로소
단순히 가벼운 존재로서
그 부유감에 밀려
다행스럽게도 떠내려가지 않고
커다란 우주의 순환고리에 끼어
함께 돌아가고 있다는
자각에 이르렀으므로

그리하여
비로소 난 지금
자리自利와 이타利他를 떠나서
모든 만물이 공생한다는
자각에 이르렀으므로

조물주여
난 지금
당신의 그 측량할 길 없는 힘 앞에
단순히 주눅이 들어 있다기보다는
넘쳐나는 우주 만물에 대한

사랑과 감사와 희열을 새삼 느끼면서
그 깊고도 높은 외경으로
몸둘 바를 모르옵기에……

인간의 평화

저게 바로 사람 사는 마을의
진정한 사람 사는 모습이지
노르웨이 독립기념일인가 하는
그 나라 국경일에
여행 중 마침 어느 산 속 조용한 마을을
버스 타고 지나면서
난 한순간 그런 생각을 하게 되었네.

산자락 아래에 고즈넉하게 자리잡은
한 산 속 호숫가에 자리잡은 마을의,
한결같이 말끔하게
전통복장으로 차려입고
삼삼오오 짝을 지어
행사장 교회를 향해
줄을 지어 차분하게 걸어가는
그 마을 사람들을 버스 안에서
내려다보면서
난 처음으로 동화 속 마을의 이야기를
실제로 눈으로 보는 것 같은

느낌이 들었네.

바로 이런 마을이 말로만 전해 듣던
자연과 더불어 사는 곳이로구나

아니, 바로 이런 조용함과 여절스러움이
인간이 함께 살면서 지어낼 수 있는
최선의 평화와 덕목이 아닐까 하는 생각으로
신神의 정원庭園이라 부르는
눈 덮인 산정을 향해 올라가견서
부끄러움보다는 부러운 시선으로
악착스럽게 살아온
내 생애의 지난 날을
새삼 되돌아보면서
내 인생 노선 드라이브에
처음으로 이유 있는 브레이크를 걸어 보았네.

북극 빙하지대를 지나며

산록에 갓 피어난 노오란 민들레가
누님의 수틀에 박혀 별처럼 반짝이는
푸르른 산록에
새끼를 거느린 양떼들이
눈길을 사로잡는 이곳이 바로
낮과 밤을 구별할 수 없는 백야의
노르웨이 전형적인 빙하지대라네.

언제 어디서나 크고 작은 폭포가
높은 산정으로부터 흰 천처럼 아래로
드리워져 바다와도 맞닿아 있는,
피요르드에 합류하여
우람한 소리를 내며 발밑을
가로질러 가는 바로 이곳이……

그 위에 부윰하게 떠 있는 태양은
마주해도 특별히 눈부시지 않아
그림 같은 외딴 인가와 눈 덮인
산봉우리와 깎아지른 절벽의 바위산만

끝없이 이어져 펼쳐져 있어라.

때론 썰매 끄는 개들도 떠날 채비에
들떠 있는 그 옆엔
아직도 주인 떠나 반쯤 눈 속에 묻혀 있는
붉은 벽 검은 지붕의 여름 별장들과
눈이 너무 많이 쌓여
그 깊이를 가늠하려고 꽂아 둔
나무 장대들만이 줄지어 서 있는
바로 이곳이……

결국 알고 보면
우람한 소리로 하이얗게 산허릴 감고
급전직하하는 폭포수들도
단순한 빙하의 물이 아닌
천상과 지상을 이어주는,
신과 인간을 이어주는,
그래서 문명으로 이룬 도시적 삶의
끝이 어디까지인가를 보여주는

불가해한 끈이 아닐까 하는
생각이 들게끔 하는 바로 이곳이……

빙하의 나라

태고적 순수에 맞물려
자연 속으로 잠입하려는
너의 성향을
나는 그것을 진정한 세계화라 부른다.
오랜 빙하의 시대를 놓치지 않고
빙하박물관을 차려
DVD 영상에 담아
외국에서 온
빙하박물관을 찾은 여행자들에게
보여 줄 때
그리고
그것을 멀티 입체음악 속에서
숨죽여 바라볼 때
비로소 나는 이방인으로서
네가 늘여준 끈에 매달려
비로소 지구 생태계의 적자嫡子로서
문명에 찌든 때를 벗고
건강하게 살아 있음을 느낀다.

나무들아 나무들아

스톡홀름 가는 버스 안에서
스웨덴 전나무 숲속 길을 옆에 끼고
클래식 음악을 들으며
근심 걱정 모두 부려 놓고
몸도 마음도 쾌속에 실려
무작정 앞으로 달려만 가네.

내 평생 이런 곳에 산다면
그래도 늘 내가 행복할까 그렇게도
생각되는 그런 의문의 시점에서
큰 길가의 전원주택이
항상 외롭지 않게
스스로 자존감을 지니고 있듯
이제는 죽고 사는 문제 마음 안에
따로 없어 내 삶 또한
자연의 일부임을 확인하게 되네.

나무들아 나무들아 너희도 지금 내
마음속 음악과 함께 살아서

지금 나와 같이 흐르고 있느냐

이것들아 저것들아
오고 가는 모든 것들아
알고 보면
우린 모두 함께여라
언뜻 버릇 없는 것들조차 나무이고
사람이어라 어디서든 태고의 숨소리를
간직할 수만 있다면야
어디에 있든 너희를 사랑이라고
말하고 싶게 즐겁기만 한다면야

실제로 숲길 따라 흐르는 음악 속에
내가 너희와 함께 있기만 할 수 있다면야……

홀로코스트, 아우슈비츠 그 현장 운韻

동유럽 여행 5일차

이른 아침 투숙했던 호텔 앞에 버스가 도착하고 일행이
버스에 올라 착석하자 안내원이 앞에 나서 대뜸 "여러분
오늘은 천국과 동시에 지옥을 경험하는 날입니다"라고
통상적인 광고성 발언을 했지만 왠지 여느 때와 달리 버
스 안은 무거운 침묵이 흘렀지.

…………

일행은 이윽고 아름다운 중세도시 크라카우를 거쳐 이
로부터 50km 거리의 오슈비엥침(아우슈비츠) 수용소 입
구에 내렸네. 갑자기 온몸에 으스스한 느낌이 들었네. 아
치형 입구 철망에 투시성 양각 고딕체—Arbeit Macht Frei
란 독일어 철제 간판이 먼저 눈에 들어왔기 때문이었네.

여기서 노역이란 것도 사실은 어린아이, 노약자 등을
제외한 사람들에게나 해당되는 말이긴 하지만 결국 이들
역시 강제노역 후 화장장의 한 줌의 재로 불귀의 객이 되
었다네.

독일 훽스트사가 개발한 독가스 치클론 B 한 통이면 한

번에 400명을 독살할 수 있어 보통 샤워실처럼 위장한 공
간에 한꺼번에 수천 명씩 몰아넣어 독가스를 주입 몰살한
후 이들이 남긴 시신과 머리털은 물론 유품들까지도 용도
별로 분류 군수품 등으로 재생 활용했다는 도저히 믿기
어려운 일까지 확인돼……

　독가스실 벽에 이들이 고통스럽게 죽어가며 남긴 손톱
자국 등을 보며 이 을씨년스럽다 못해 저주의 광경을 보
다 못해 아내와 자식들을 걱정하는 젊은이 대신 스스로
순교를 택한 살신성인의 막시밀리언 콜베 같은 신부도 있
었지만……
　고압전류가 흘렀을 2중 철조망 안 이 오슈비엥침(아우
슈비츠) 수용소는 마침내 인간이 같은 인간에게 저지른
만행 중에도 결코 용서받지 못할 잔혹사 박물관 그 자체
가 되고 말았다네.

　이런 와중에도 천재일우千載一遇로 살아남은 15세 소년
임레 케르테스는 후일 노벨문학상 수상 자리에 오르기도
하고, 사업가 Oskar Schindler는 재력을 무기로 1200명이

란 생명을 구해 영화 〈쉰들러 리스트〉의 내용 그대로 전쟁의 참혹성 속에서도 "한 생명을 구하면 동시에 세계를 구한다"는 휴머니즘 테마의 주인공이 되기도 했지만……

그래서, 우리는 이러한 인류 최악의 아우슈비츠 이후에도 서정시를 쓸 수 있을 것인가 하는 극도의 회의와 반문의 당착을 딛고 비극의 맨 밑바닥에서 솟아오른 또 다른 인간 승리의 불꽃을 보기도 했지만……

하지만, 앞으로도 지구상에서 홀로코스트(Holocaust)는 계속 일어날 수 있다고 한 케르테르의 예상대로 이후에도 캄보디아의 킬링필드와, 르완다와 코소보의 인종청소를 비롯하여 중동지역에서도 계속 종족분쟁이 일어나고 있어

인류가 이 같은 재난과 광기로부터 스스로 인류를 구해낼 수 있는 방법은 없는가.

아니, 바로 지금이 1978년 노벨상 수상 작가 아이작 싱

어의 주장대로

　문학이 분연히 일어나 철학과 도덕과 종교의 도움을 얻어 바야흐로

　인류를 이 같은 재난과 광기로부터 구해낼 때는 아닌가.

　하늘이여 하늘이여.

소크라테스를 위한 진혼곡鎭魂曲
— 에기나 섬의 소크라테스 감옥에 갇힌 어둠

매일같이 광장이나 저자거리에 나와 덕과 우정과 정의와 사랑이란 주제로 청년들과 대화를 통해 정신을 깨우치려 했던 소크라테스!

하지만 그 댓가로 다른 신을 섬기고 청년들을 부패시킨다는 죄명으로 법정에서 사형선고까지 받고 "나는 이성의 소리에 귀기울여 그 지시를 따라 행동했고 청년들의 영혼을 정화하는 일에 일생을 바쳤다"고 소명召命한 연후 구금되기 전 악법도 법이라 했다고 전해지고 있네.

하지만 사실은 그게 그의 마지막 유언은 아니었네.

사형집행 당일 찾아온 지인들 앞에서 영혼의 불멸에 대해 토론을 벌였는데 이를 지켜보던 친구 클라톤이 걱정스러워 오늘만큼은 말을 많이 하면 약발이 잘 안 받아 고생한다는 간수의 말을 전하자 그는 "될 수 있으면 있는 대로 죽음의 상태에 가깝게 살려고 애쓰던 사람(스스로 에고의 죽음을 전제로 한)이 막상 죽음에 당면해서 죽음을 거부하는 것은 우스운 일이 아닌가"라고 하며 독약을 스스로 청하여 마시자 그 광경을 지켜보던 사람들은 모두 울음을 터뜨렸고 이어 "이런 모습을 보이지 않으려고 가족과 아

140

낙들을 먼저 내보낸 것"이라그 말한 그는 몸에 독기운이 퍼지도록 감방 안을 걷기 시작하여 이윽고 팔과 다리가 무거워지자 자리에 누워 마지막 순간 "여보게 클라톤 아스클레피오스(약과 의술의 신)에게 닭 한 마리를 빚졌네 자네가 대신 갚아 주게" (주: 당시 병이 나으면 이 신에게 닭 한 마리를 바치는 풍습이 있었다 함) 그리고 "독약의 약발이 잘 받는군. 신에게 고맙다고 전해주게"라며 숨을 거뒀네.

그러니까 그는 자신의 죽음 앞에서 이미 삶과 죽음, 그 너머에서 육신의 죽음을 바라보고 있었다고나 해야 하겠네.

푸른 바닷가 크루즈를 타고 접안接岸해 몇 굽이 산길을 오르내리며 다다른 지중해 연안 그 해안가 산중턱에 자리한 독배를 들기 전까지 소크라테스가 구금돼 있던 초라하기 그지없는 토굴 감옥에 와서 새삼 되새겨 보노니—.

아크로폴리스 언덕 파르테논 신전에나 모셔져 있어야 할 그 유명한 그리스 철인 소크라테스의 주검은 지금쯤 어느 곳에 묻혀 촉루가 되어 있을까. 그리고 생전 그가 생각한 대로 과연 그의 영혼은 불멸의 가마를 타고 천상에 나 가 있는지—

아테네가 한창 융성하던 페리클레스 시절 오직 출세를 노리고 모여들어 제각기 궤변을 펴던 수많은 논객들 속에서 조국을 위해 청년들이 잠자는 진리에 다가갈 수 있도록 변증법이며 조산술 등으로 묻고 또 물었으나 그리고 신탁을 통해 모든 사람들이 무지하다는 것을 자신만이 알고 있음을 깨닫고 '너 자신을 알라(Gnothi Seauton)'를 외치면서 마침내 철학을 '근원을 묻는 학문=지혜의 학문'으로 변모 발전시키기에 이르렀으나 결국 아테네 시민들은 민주주의란 미명하에 인류가 낳은 가장 위대한 이 철인에게 독배를 들게 했으며 결국 이 같은 불의의 사회가 만들어낸 비극 속에서 아테네 또한 운명을 같이할 수밖에 없었거늘—.

하늘이여 하늘이여
역사는 지금까지 무엇을 기록했고 무엇을 지웠는가.

□ 해설

프랙탈리즘*을 초월하는 평정의 시학

정 유 화(시인 · 서울시립대 교수)

류근조는 일평생을 언어의 집에서 살고 있는 시인이다. 그는 언어로 식사를 하고, 언어로 옷을 차려 입고, 언어로 생각을 다듬는다. 그만큼 그에게는 언어라는 기호가 그의 온 존재를 떠받치고 있는 기둥과도 같다. 아니, 종교와도 같다. 아니, 애인과도 같다. 그렇다면 그러한 그의 언어가 지향하는 곳은 어디일까. 말할 것도 없이 바로 시적 세계이다. 그러므로 그의 언어는 일상적 물질적인 도구로서의 언어가 아니라 미학적 상상적인 언어 그 자체로서 그의 존재를 드러내는 것으로 작동한다. 익히 알고 있듯이, 하이데거는 '언어를 존재의 집'이라고 명명했다. 이 명언을 류근조 시인에게 적용하면 아마도 '언어는 시인의 집'이 될 것이다. 1966년 《문학춘추》 신인상에 「나무」가 당선되어 문단활동을 시작한 날로부터 2013년 현재에 이르기까지 수십 년을 한결같이 시작활동을 해왔기에 그러하다. 그것도 시를 '목숨'처럼 여기고 시창작을 해왔기에 그러하다.

예의 류근조 시인이 시집을 출간한다는 것은 목숨 하나를

---

* fractalism : 모순통합지향성.

새롭게 탄생시킨다는 의미를 지닌다. 그러므로 이번에 출간되는 『지상地上의 시간』(제11시집)도 예외는 아니다. 시인의 집에서 탄생되는 하나의 새로운 목숨이라고 할 수 있다. 새로운 목숨인 『지상地上의 시간』은 두 가지 측면에서 중요한 의미를 지닌다. 하나는 시적 시론의 문제이고, 다른 하나는 시적 주제의 문제이다. 전자의 경우에는 제1시집에서 제10시집에 이르기까지 그가 연구한 시적 시론과 관련되는 문제이고, 후자의 경우에는 그가 구현한 시적 내용과 관련되는 문제이다. 이를 쉽게 이해하기 위해서는 먼저 제1시집에서 제10시집까지의 시적 시론을 간략하게 탐구해 볼 필요가 있다고 본다.

그의 시적 시론은 크게 3단계로 나누어 점진적으로 변모되는 양상을 보여준다. 제1단계는 자아 발견을 위한 모색기의 시론이 주를 이룬다. 이 시기에 그는 시인으로서 지녀야 할 기본적인 시적 정신과 태도 및 인간성 회복을 위한 시적 욕망을 기르게 된다. 제2단계는 존재 전환을 위한 유기체적 동적 구조의 시론이 주를 이룬다. 유기체적 동적 구조 시론이란 시인의 시적 '체험(경험), 의식(상상력), 언어(은유)'가 유기적으로 결합되어 하나의 완벽한 시작품을 창조해내는 것을 의미한다. 이에 따라 창조된 시작품은 하나의 살아 있는 생명체처럼 하나의 소우주가 되어 독자적으로 존재한다. 그리고 그 소우주는 비본질적인 세계를 떠나 본질적인 세계를 추구·지향하기에 이른다. 이것이 바로 다름 아닌 존재 전환이다. 류근조 시인은 이 시론을 통하여 시적으로 크게 발전할 뿐만 아니라 괄목할 만한 성과도 거두게 된다.

제3단계는 모순을 통합하기 위한 프랙탈리즘의 시론이

주를 이룬다. 이 시론은 유기체적 동적 구조 시론을 더 깊이 있게 연구하여 변증법으로 한층 더 발전시킨 시론이라고 할 수 있다. 예의 유기체적 동적 구조 시론이 동일성을 기반으로 한다면, 프랙탈리즘 시론은 동일성뿐만 아니라 그 대립항인 차이성까지 포함하는 것을 기반으로 한다. 요컨대, 프랙탈리즘 시론은 모순적인 것을 통합하려는 창조적인 시론인 셈이다. 시인에 의하면, 프랙탈은 임계상태(액체, 기체, 고체도 아닌 상태)를 의미한다. 다시 말해서 그 고유한 성질이 분별되지 않는 혼재·혼성 상태를 의미한다. 그러므로 프랙탈리즘 시론은 사물들의 세계를 분별하고 차이지우는 것을 지양하고 반대로 이를 융합하려는 시적 세계를 지향하게 된다. 가령, '선과 악, 행복과 불행, 사랑과 증오, 부자와 빈자, 신뢰와 배신……' 등등의 대립과 분별을 해체하려는 것이 바로 프랙탈리즘 시론인 것이다. 그래서 그의 시에는 모순과 대립적 갈등을 하나로 융합하고 통합하려는 처절한 시적 투혼이 강하게 반영되어 나타난다.

어렴풋하게 눈치챌 수 있듯이, 프랙탈리즘 시론은 화해와 사랑의 시론이다. 류근조 시인은 이 시론을 통하여 비로소 사람과 인간 사이에 존재하는 모순된 삶을 시적으로 통합하기에 이른다. 그래서 이 시기에 그는 자신과 타자를 무한하게 긍정하는 시적 달관의 경지에 오르게 된다. 하지만 프랙탈리즘 시론도 그에게 영원할 수는 없다. 모순의 통합이라는 시적 역정이 그로 하여금 과도한 시적 긴장을 하도록 만들었기 때문이다. 그 시적 긴장은 피로를 누적시키는 결과를 낳았을 뿐만 아니라 마치 시의 노예가 된 듯한 결과를 낳았기도 했다. 그래서 그는 "기진맥진 할 말도 잊"을 정도가

되어 시를 창조하는 "언어의 소우주"(「시마詩魔」에서, 『고운 눈
썹은』, 2006)에 대해 다시 회의할 수밖에 없었다. 물론 그 회
의는 시적 속박에서 자아를 해방시켜 주는 원동력으로 작용
하게 된다.

이 지점에서 시인은 그 동안의 시론과 시적 작업에 대해
자기 점검을 하기에 이른다. 그 점검은 이번에 출간하는 시
집 『지상의 시간』 머리말(시인의 말)에 잘 나타나 있다. "나
의 시작 과정을 굳이 지칭하여 관념적 글쓰기로서의 철학적
글쓰기와 구체적 글쓰기로서 시적 글쓰기와의 변증법적 과
정으로서의 사물의 관념화(의미화), 혹은 반대로 의미의 사
물화 내지는 또 그 어디 중간쯤이라 해도 상관은 없으리라"
에서 알 수 있듯이, 변증법적 과정으로서의 프랙탈리즘에
속박되지 않고 자유롭게 시를 쓰겠다는 시인의 의지를 읽을
수가 있다. 이제는 사물의 관념화도 좋고 거꾸로 관념의 사
물화도 좋다. 뿐만 아니라 경계도 분명하지 않은 회색지대,
곧 그 "어디 중간쯤"이라도 좋은 것이다.

그렇다고 해서 그의 시적 자유로움을 두고 시정신이 결여
된 시적 탕아나 시적 해방으로 인식해서는 곤란하다. 시적
내용과 주제, 곧 시적 상상력이 자유로울 뿐, 시를 창조해내
는 시적 시론과 기법은 여전히 통일성을 유지한 채 그 골격
을 잃지 않고 있기에 그러하다. 예의 『지상의 시간』을 창조
한 그의 시론은 프랙탈리즘의 시론을 초월하는 평정의 시학
시론이다. '평정의 시학' 시론은 그의 연륜에 맞는 시론이
라고 할 수 있다. 가령, 『지상의 시간』을 '꽃'으로 비유한다
면, "머언 먼 젊음의 뒤안길에서/ 인제는 돌아와 거울앞에
선/ 내 누님같이 생긴 꽃"(서정주, 「국화옆에서」 일부)이 아닐까

146

한다. 인생의 격정기를 거쳐 비로소 마음의 평안을 찾게 된 누님(꽃)처럼, 『지상의 시간』도 삶의 희로애락을 거쳐 비로소 시적 평정의 세계에 안착하고 있다. 그만큼 모든 삶을 평정하게 만들어가는 시적 원리가 잠재되어 있는 것이다. 그러므로 프랙탈리즘의 시처럼 격정적이지도 않고 인위적이지도 않다. '평정의 시학' 시론에 의해 창조된 시들은 거의 모두 차분하면서도 생동적이고 자연스러우면서도 미학적이다. 한 마디로 말하면 파문이 잔잔하게 퍼져가는 것처럼 그런 시적 울림과 감동을 준다.

그렇다면 평정의 시학이 내재한 시적 원리는 어떤 것일까. 그것은 다름 아니라 자연적 원리, 우주적 원리이다. 류근조 시인은 자연적 원리, 우주적 원리를 원용하여 시적 공간을 개성적으로 창조해내고 있다. 그래서 그의 시적 이미지는 인위적 세속적인 냄새가 나지 않고 자연적 탈속적인 냄새가 짙게 배어난다. 주지하다시피 자연적 원리, 우주적 원리는 주기적으로 순환 반복되는 것을 기반으로 한다. 가령, '봄-여름-가을-겨울'로의 순환적 반복이 바로 그것이다. 이러한 순환적 반복은 흔히 인간의 삶을 비유하는 상징적 의미로도 사용된다. 예컨대 N. 프라이에 의하면, 일 년의 주기인 '봄'은 삶의 주기인 '청년'에 해당하고, '여름'은 '장년', '가을'은 '노년', '겨울'은 '죽음'에 해당한다. 따라서 자연적 원리, 우주적 원리를 따르는 그의 시적 이미지도 자연스럽게 사계절이 지닌 상징적 의미를 그대로 표방하는 기능을 한다. 이로 미루어 보면, 평정의 시학은 시적인 삶의 원리와 우주적인 삶의 원리가 합일하는 지점에서 생겨난 것이라고 할 수 있다. 그는 이러한 합일을 통해서 세계의 본질

을 총체적으로 탐구하는 동시에 자신과 인간의 삶을 시로써
구제하려고 한다.

　평정의 시학으로 건축된 시집 『지상의 시간』에는 주로 세
가지의 소주제가 수렴과 확산의 작용을 하면서 시적 의미를
다채롭게 생성해내고 있다. 이 지점에서 먼저 그 소주제 중
의 하나인 '시간 변화에 반응하는 시적 자아의 모습'을 살
펴보도록 한다. 아무래도 고희古稀를 넘긴 시인이기 때문에
이러한 소주제가 시인의 삶에서 중요한 자리를 차지할 수밖
에 없을 것이다.

　　지금 가을걷이 끝난 대지엔
　　싸락눈이 내리는 적막한 시간
　　목장의 한켠 외양간 말 구유에도
　　여물 써는 소리에 섞여
　　긴 밤 먹고 지낼 양식이 담기고,

　　마악 풍요로움 대신 적막이 내려 앉아
　　차가운 이슬은 빈 들판을 적실 때
　　나 또한 특별히 바깥 출입할 일도 없어
　　방 안을 이리저리 서성이다가
　　이윽고 등燈 아래 곧추앉아
　　불면의 긴 밤을 새운다.

— 「지상地上의 시간」 일부

　이 텍스트의 시간적 배경은 늦가을과 초겨울 사이다. 이
러한 시간적 배경과 결합하는 공간적 배경은 다름 아닌 들

판의 대지, 목장, 방 안 등이다. 이 텍스트에서 시간과 공간
의 결합은 매우 중요한 시적 의미를 산출하는 기제로 작용
한다. 주지하다시피 늦가을과 초겨울에 드러난 들판의 대
지 공간은 모든 사물들이 사라진 비움의 공간, 소멸의 공간
이 되고 있다. 뿐만 아니라 그 공간은 싸락눈과 찬 이슬이
내리는 응고의 시공간이 되고 있다. 말하자면 모든 생명체
가 사라지고 비워지는 공간인 셈이다. 그래서 그 공간은 적
막할 수밖에 없다. 주지하다시피 여름은 인생의 주기에서
장년을 상징하고, 겨울은 인생의 주기에서 죽음을 상징한
다. 이것을 공간적 의미작용으로 보면, 장년은 생명력이 솟
구치는 것으로 나타나기 때문에 상승적인 의미작용을 하고,
죽음은 생명력이 상실하여 지하로 들어가기 때문에 하강적
인 의미작용을 한다.

그렇다면 가을은 어떻게 될까. 여름과 겨울을 매개하는
가을은 모순된 의미, 곧 양자兩者의 의미를 모두 지니게 된
다. 요컨대 가을은 '장년'과 '죽음'의 의미가 융합된 '노
년'의 상징으로 나타나고, 동시에 여름의 상승적인 의미와
겨울의 하강적인 의미가 융합된 '모순'의 의미로 나타난다.
더욱이 이 텍스트에서는 늦가을과 초겨울로 나타나고 있기
때문에 그 모순의 융합은 거의 절정을 이루고 있는 상태인
셈이다. 말하자면 생명에서 죽음으로 넘어가는 그 찰나적
경계 지점에 놓인 셈이다. 그래서 삶이면서도 죽음이고 죽
음이면서도 삶인 시공간이 된다. 이를 공간적 의미작용으
로 보면, 상승적인 의미인 동시에 하강적인 의미이고, 하강
적인 의미인 동시에 상승적인 의미를 보여준다.

류근조 시인은 늦가을과 초겨울의 들판을 통한 그러한 모

순의 시공간을 보면서 자아의 삶을 반추하게 된다. 시인 역
시 삶의 인생으로 보면 가을걷이를 끝낸 늦가을과 초겨울의
들판과도 같은 위치에 있기에 더욱 그러하다. 물론 시인이
바로 그런 생각(모순된 의미)으로 접어든 것은 아니다. 먼
저 그는 목장의 외양간에서 여물 써는 소리를 들으면서 긴
밤 먹고 지낼 풍요로운 양식을 생각해낸다. 예의 이것을 가
능하게 한 것은 들판의 대지가 그 양식을 주었기 때문이다.
그러므로 들판의 비움은 죽음이 아니라 역설적으로 사물들
을 살려내는 생명의 근원, 풍요의 근원으로 나타난다. 요컨
대 풍요로운 양식을 제공해주는 긍정적인 삶의 공간기호로
작용한다. 하지만 이러한 생각도 잠시, 방 안을 서성거리던
시인이 등불을 켜고 앉자 불면의 긴 밤이 시작되고 만다.
"불면의 밤"은 풍요와 대립되는 고통과 결핍의 시간적 기호
로 작용한다. 더욱이 "적막"한 공간이 됨으로 해서 그 불면
의 강도는 더 한층 강해질 수밖에 없다. 따라서 "불면의 밤"
과 "적막"한 시공간은 부정적인 기호로 기능하게 된다.

　사실 시인이 "불면의 밤"을 지새우는 것은 들판의 대지에
서 싸락눈과 찬 이슬을 맞는 것과도 같다. "불면의 밤"이 바
로 들판의 대지처럼 삶과 죽음, 상승적 의미와 하강적 의미
가 혼재 융합된 상태를 보여주기 때문이다. 부연하면 상호
모순된 의미가 융합된 상태라는 점이다. 그럼에도 불구하
고 시인은 프랙탈리즘의 시처럼 격하게 반응하거나 혹은 인
위적으로 통합하려고 하지는 않는다. 그 "불면의 밤"을 조
용히 받아들이는 평정의 시학을 발휘하게 된다. 그 결과 시
인은 그 "불면의 밤"을 통하여 오히려 긍정적인 자아를 발
견하기에 이른다. 그것은 다름 아니라 "행복한 대지의 나그

네"로서 "묵묵히 지평선을 걸어가고 있는 나"를 발견한 것이다. 예의 시인의 이러한 자세는 바로 자연적 원리, 우주적 원리를 따르겠다는 의지의 표명이라고 할 수 있다.

그리고 "불면의 밤"은 시인으로 하여금 시간의 변화라는 궤도 위에 서 있게 만들기도 한다. 시인에게 시간의 초점은 주로 삶과 죽음이 접하는 경계적 시간에 모아지는 것으로 나타난다. 인생사의 사계절로 볼 때, 시인이 늦가을과 초겨울에 위치해 있기에 자연스러운 현상이라고 할 수 있다. 그렇다면 시인은 시간의 변화에 어떻게 반응할까. "결국 사람이 성장을 끝내고 죽는다는 것은/ 제 살던 세상의 흔적 모두 지우고/ 어딘가 무주공산無主空山—— 우주의 공간 속으로/ 스머들듯 사라진다는 그런 뜻은 아닐까."(「나이드는 법」)에서 알 수 있듯이, 삶과 죽음의 차이는 '흔적 남기기'와 '흔적 지우기'일 뿐이다. 달리 말하면 가시적인 현상으로서의 물物의 생성과 불가시적인 현상으로서의 물物의 소멸일 뿐이다. 말할 것도 없이 그 물物은 우주에서 나와 종국에는 다시 우주로 돌아가게 되어 있다. 인간의 삶과 죽음도 예외는 아니다. 우주에 속한 하나의 물物로서 자연적 원리, 우주적 원리를 따라갈 뿐이다. 하지만 적어도 사유思惟하는 인간이기에 물의 소멸에도 불구하고 그 정신만은 남기를 욕망하지 않을 수 없다. 그래서 시인은 "아니, 오늘 하루 길게는 몇날 며칠만이라도/ 오욕칠정의 피날한 속진俗塵을 이기고 자신이/ 푸른 영원으로 자리할 수 있는 수기修己의 길은/ 따로 없을까"(「영원에 대하여」)라고 아쉬움을 토로하기도 한다. 여기서 "푸른 영원"은 정신성이 자리 잡는 천상의 공간을 상징한다.

이처럼 류근조 시인은 자연적 원리, 우주적 원리를 원용하여 시 텍스트를 창조해가고 있다. 평정의 시학을 견지하면서 말이다. 그런 시적 상상력 때문인지 그는 시인으로서의 삶에 대한 평가도 인위적인 원리가 아니라 자연적인 원리에 전적으로 맡겨두려고 한다.

내 인생 원고는 오프-라인 종이책이
아니어서 넘긴 페이지를 되넘겨
다시 수정 보완할 길이 없다.

오자誤字 탈자脫字는 물론 더러 뒤바뀐 페이지도
없진 않지만
…(중략)…

그러니
뒤가 좀 켕기더라도 앞 페이지를 향해
앞으로 열정적으로 나아갈 수밖에 없다.

물론 내 인생 마지막 페이지는
내 종명終命의 시점이 되겠지만
부끄럽더라도 그 땐
내가 몸바쳐 써 온 원고 내용대로
공판 경매장의 비정한 평가에
내맡길 수밖에 없다.

—「내 인생 원고原稿」일부

그는 시인으로서의 삶을 종언할 때에 그 공과功過를 후서 독자(비평가)들에게 전적으로 맡겨두고자 한다. 사실, 이렇게 자신 있게 단언한다는 것은 시인으로서 하나의 허물이나 단점도 없다는 것을 우회적으로 강조한다는 의미를 보여줄 수도 있다. 하지만 그는 이런 의미로 그것을 단언한 것은 아니다. 텍스트에서 고백하고 있듯이, 그는 오자誤字와 탈자脫字가 많은 부끄러운 삶을 살았다. 그럼에도 불구하고 그는 자신을 위장하지 않고, 자신을 멋지게 포장하지 않고, 살아온 대로의 시적인 삶과 시작품을 독자들에게 내놓고자 한다. 얼마나 진솔한 시적 태도인가.

주지하다시피 그 태도는 바로 자연적 원리, 우주적 원리를 체득한 삶에서 나오고 있다. 그는 시작詩作 원고와 달리 인생 원고는 수정할 수 없다는 것을 인식하고 있다. 자연적 시간이 불가역적 시간이듯이 인생이라는 시간적 흐름도 불가역적인 시간이라는 것을 알고 있기 때문이다. 시간은 과거-현재-미래로 흐를 뿐이다. 모든 존재들은 과거로 되돌아가 과거의 삶을 바꿀 수가 없다. 그래서 그는 지난 과거의 잘못되고 부끄러운 삶을 감추거나 위장하려 하지 않는다. 있는 그대로 보여주고 "앞으로 열정적으로 나아"갈 뿐이다. 자연적 시간의 원리를 따라서 달이다. 이에 따라 좀 부끄럽더라도 "몸 바쳐 써 온 원고 내용대로" 자신을 드러내려고 한다. 이 지점에서 그의 순수성을 엿볼 수가 있는 것이다. 그가 시인으로서 "맑은 밤하늘/ 반짝이는 별을 보고 자족해 하며/ 진정 쓰고 싶은 시詩 쓰면서 산다."(「쓰고 싶은 시詩」에서)라고 고백할 수 있는 것도 따지고 보면 그러한 순수성에 기인한 것이다.

　다음으로 『지상의 시간』을 받치고 있는 소주제는 다름 아
닌 '자연의 원리, 우주의 원리로 본 생명의 세계'이다. 익히
알고 있듯이 자연과 우주의 원리는 주기적 반복이다. 이러
한 반복을 통해 자연과 우주는 인간과 인간이 살고 있는 대
지를 주기적으로 갱생해 나간다. 류근조 시인은 자연의 원
리, 우주적 원리를 시창작 원리로 원용하면서 그러한 비의
적 세계를 비로소 체득하게 된다.

> 만물이 얼어붙은 섣달 그믐께
> 무시로 길 위를 구르며 우리의
> 옷깃을 여미게 하는 돌개바람은
> 알고 보면
> 아름다운 봄을 위한 전주곡
> 본래 의도된 자연의
> 마음일지도 몰라.
> …(중략)…
> 신의 계획이었는지도 몰라.
> ── 「자연의 마음」 일부

　계절적으로 겨울은 여름과 이항대립한다. 이를 상징적인
의미로 보면, 겨울은 냉기를 지닌 기호로서 죽음을 상징하
고, 여름은 열기를 지닌 기호로서 생명을 상징한다. 다시 이
를 공간기호론으로 보면, 겨울은 하강적인 의미작용을 하
고, 여름은 상승적인 의미작용을 한다. 이 텍스트에서의
'겨울'도 예외는 아니다. 겨울 중에서도 가장 겨울다운 "섣
달 그믐께"의 겨울은 모든 시공간을 응고시키는 죽음 그 자

체의 의미로 다가온다. 그래서 시인은 직접적으로 "만물이 얼어붙"게 하는 겨울로 표현하고 있다. 얼어붙는다는 것은 곧 죽는다는 것을 의미한다. 응축·응고되는 그 죽음의식은 상승이 아니라 하강적인 의미작용을 하게 된다. 이 텍스트에서 이러한 죽음의식을 직접적으로 생성시키고 있는 것은 다름 아닌 겨울의 "돌개바람"이다. 이 바람은 무시로 길을 구르며 인간들에게 죽음의 기운을 상기시켜준다.

그런데 여기서 우리는 놀라운 시적 상상력을 발견하게 된다. 그것은 다름 아니라 류근조 시인이 죽음을 상기시키는 "돌개바람" 속에서 "아름다운 봄"을 상상해내고 있다는 사실이다. 주지하다시피 봄은 가을과 이항대립한다. 봄과 가을을 상징적인 기호작용으로 보면, 봄은 생명의 싹을 내부에서 외부로 밀어내며 확산시키는 상승적인 의미작용을 하고, 가을은 성장한 생명을 단단하게 응축시켜 추락하게 만드는 하강적인 의미작용을 한다. 이런 점에서 보면, 시인이 한겨울의 돌개바람 속에서 봄을 상상했다는 것은 곧 죽음 속에서 생명을 상상했다는 것을 뜻한다. 나아가 하강적인 의미작용 속에서 상승적인 의미작용을 상상했다는 것을 뜻한다. 이것이 바로 자연과 우주의 신비한 삶의 원리이다. 시인은 이것을 "신의 계획"이라고 언급한다.

이렇듯 자연적·우주적 삶의 원리는 죽음 속에 생명을 키우기도 하고, 생명 속에 죽음을 키우기도 하는 신비한 세계를 내포하고 있다. 그래서 시인은 자연적·우주적 원리는 애호하지만 이와 대립하는 도시적·인간적 원리는 배격한다. 가령, "그 어딘가에 숨어서 먹이감이 걸려들기만을 기다리는/ 총성만 없을 뿐 매일 격전이 벌어지고 있는 밀림 속

/ 겉으로는 평온해서 그 깊이를 들여다 볼 수 없는,// 대도시
의/ 가면무도회와 같은 일상"(「전쟁의 도시」)이 이를 대변하
고도 남는다. 인간의 능력으로 건설된 도시적 삶의 원리는
겉으로는 평온하지만 속으로는 오직 죽임의 세계만이 존재
하고 있는 것이다. 자연과 달리 그 죽임 속에는 재생할 수
있는 생명이 없다. 그러나 자연은 생명의 재생을 주기적으
로 재현한다.

> 까아만 점 하나
> 손바닥 안에 놓고
> 그 안에 흐르는 강물소리와
> 지난 여름 난만히 흐드러진 꽃밭에서
> 잉잉거리던 꿀벌들의 날갯짓 소리를
> 엿듣는다.
>
> 비린내 아리던
> 상처에 어리던
> 진물자국은 아예 흔적조차 없어
> 영원한 찰나 그 안에
> 모든 생성生成의 비밀을 가둬 잠갔는가
> ── 「씨앗」 일부

　　시인은 "늦은 가을날 오후"에 발견한 까만 씨앗 하나를
통해서 우주적 생명의 신비성을 체득하고 있다. 예의 그는
손바닥 안에 까만 씨앗을 올려놓고 그 씨앗 속에 든 생명의
소리를 엿듣게 된다. 여기서 "엿듣는다"라는 시적 표현은

156

정말 탁월한 시적 상상력이다. 어느 누구도 흉내낼 수 없는 창조적인 상상력이다. 그 "엿듣는다"라는 표현에 의해 그 하찮은 까만 씨앗의 생명이 인간과 동일한 생명처럼 전환되기에 그러하다. 그래서 그 씨앗은 인간의 몸처럼 그가 살아온 삶의 과정을 그의 몸 속에 다 기억하고 있다. 예의 물질적인 몸이 아니면 그것을 기억할 수가 없다. 이런 점에서 생명은 추상적인 것이 아니고 구상적인 것이다. 정신적인 것이 아니고 육체적인 것이다. 형이상학적인 것이 아니고 형이하학적인 것이다. 생명은 관념적인 것이 아니고 감각적인 것이다. 만약에 시인이 생명을 관념적 추상적으로 생각했다면, 그 씨앗을 통하여 그 신비한 생명의 소리를 듣지 못했을 것이다.

씨앗의 몸은 자연적 원리, 우주적 원리를 따르는 생명체이다. 씨앗의 몸은 그 스스로가 생명을 완성시킨 것은 아니다. 그 씨앗의 생명을 완성하는 데에는 '강물'과 '꿀벌'의 참여가 필요했다. 아마도 이러한 참여가 없었다면 지금의 씨앗으로 존재하지 못했을 수도 있다. 시인이 씨앗의 몸 안에서 지난 과거적의 "강물소리"와 "꿀벌들의 날갯짓 소리"가 난다고 한 이유도 바로 여기에 있다. 이로 미루어 보면, 지상에 존재하는 모든 생명체는 자연과 우주의 참여에 의해 그 생명을 완성해 나갈 수 있을 뿐이다. 시인은 이것을 씨앗의 생명을 통해서 확인하고 있다. 생명에 대한 시인의 상상력은 참으로 놀라운 것이다. 생명체에 자연과 우주가 참여해야 생명이 생명으로 거듭날 수 있다는 것을 시적 상상력으로 표현하고 있으니 말이다.

그리고 시인은 씨앗의 생명을 통하여 삶 자체가 자연적

원리, 우주적 원리에 지배되고 있음을 다시 한번 확인하기
에 이른다. 사계절의 주기를 상징적으로 보면, 가을은 생명
의 완성을 의미한다. 그러므로 늦가을의 씨앗은 결핍과 부
족을 벗어난 생명의 충일 상태가 된다. 완전무결한 하나의
소우주와 같은 존재가 되는 셈이다. 물론 이를 위해서 씨앗
은 "비린내 아리던", "상처 어리던" 시기를 극복해 왔다.
"진물자국"의 아픈 삶을 극복해 왔다. 요컨대 봄, 여름의 예
측할 수 없는 자연적 시간과 함께 하며 살아온 것이다. 이
원리를 따르지 않고는 결코 생명이 완성될 수가 없다. "모
든 생성의 비밀"은 이 원리에 숨어 있다. 자연적 원리, 우주
적 원리를 따라 완성된 생명체는 결핍으로 아우성치는 모습
이 아니라 충만으로 "터질 듯한 고요"의 모습을 보여준다.
이 모습을 비유적으로 말하면 평정한 모습이라고 할 수 있
다. 시인 또한 그러한 씨앗의 고요를 함께 하고 있기 때문에
시인 역시 평정한 모습을 보여주고 있다. 강조하자면 평정
의 시학의 절정을 보여주고 있는 것이다.

　마지막으로 『지상의 시간』을 은은하게 빛내고 있는 소주
제는 예의 '삶을 구속하는 그리움과 구속하는 삶을 떠나는
여행' 이다. 기실 표면적으로 보면, 그리움과 여행은 상호
다른 속성을 가진 것처럼 보인다. 그리움이 주로 낯익은 과
거의 시공간을 지향한다면, 여행은 주로 낯선 미래로의 시
공간을 지향하기 때문이다. 하지만 실제로 그 내부를 들여
다보면, 그리움과 여행은 한 뿌리에서 난 두 개의 줄기처럼
보일 정도로 밀접한 모습을 보여준다. 시인은 그리움을 통
해서 존재의 순수한 본질을 탐색하고 있으며, 여행을 통해
서는 자연의 근원적인 본질을 탐색하고 있기에 그러하다.

예의 전자는 부조리한 현재의 삶을 구속하는 형태로 작용하고, 후자는 부조리한 인간의 삶을 구속하는 형태로 작용한다. 그러므로 시인은 그리움과 여행을 통해 부조리한 현재적 삶을 반성하고 또한 이것을 정제·쇄신하여 순수한 삶의 원리를 체득한다. 비판과 경쟁으로 요동치는 삶이 아니라 자연과 우주의 원리를 따르는 평정한 삶을 위해서 말이다.

그대는
내 외로운 마음 속
그리운 섬 하나
가끔 험한 파도에 휩쓸려
내 시야에서 사라져
가슴 쓸어내리게 하는 것이 흠이지만
그래도 언젠가는
내 인생의 고단한 항해에
등대 되어 앞길 밝히는
환한 길이 될 수 있다고 믿고 있지.
— 「내 마음 속 섬 하나」 일부

시인에게 그리움은 삶의 방향을 안내하는 등대의 기능을 한다. 그러므로 시인에게 그리움이 없다면 그의 삶은 거친 바다 위에서 방향성을 잃고 표류하는 조각배와 같은 것이다. 하지만 그 그리움은 아무 때에나 생겨나지 않는다. 바로 삶에 대한 욕망이 결핍될 때, 곧 삶이 외로워질 때에 생겨난다. 외롭다는 것은 삶으로부터 분리된다는 것을 의미한다. 그렇다면 그 삶은 어떤 삶일까. 그것은 다름 아닌 부조리한 삶, 곧 비본질적인 삶을 의미한다. 그러므로 그리움은 외로움에서 생겨나지만 본질적인 삶을 보게 하는 동력으로 작용한다. 다시 말해 비본질적인 삶에서 본질적인 삶으로 구속시키는 동력으로 작용하는 것이다. 이 시에서, 시인이 그리워하는 "그대는" "인생의 고단한 항해"인 부조리한 삶에서 본질적인 삶인 "환한 길"로 인도하는 그런 대상이 된다.

물론 그리움의 대상인 "그대" 조차 "가끔 험한 파도에 휩쓸려/ 내 시야에서 사라"지는 때도 있지만, 그것은 현상적인 모습일 뿐 그 실체(섬)는 바다 속에 그대로 존재하고 있다. 그래서 현상적으로 보이지 않아도 그대는 늘 시인을 잠재적으로 구속하게 된다. "그리움이 얼마나 힘이 세면/ 살아온 길, 갈 길마저 가늠할 수 없게/ 한 시공 속에 이렇듯 사람 가둬 놓고/ 옴짝달싹 못하게 하나"(「힘 센 그리움」)라고 언술하고 있는 이유도 여기에 기인한다. 시인에게 그리움은 그대와의 결합인 동시에 본질적인 삶의 향유를 의미한다. 이에 따라 그리움은 "나의 준엄한 종교"(「나의 종교」)가 될 정도로 시인의 온 삶을 구속하기에 이른다. 뿐만 아니라 여기서 더 나아가 시인은 그리움에 대한 놀라운 시적 상상력을 발휘하게 된다. 그것은 다름 아니라 아예 그리움의 타자(그것이 사람이든 사물이든 간에 모두 포함)인 그 대상과 한 몸이 되어 사는 것이다. 비록 나의 욕망과 타자의 욕망이 가끔 부딪칠 때가 있더라도 한 몸 되어 사는 것이다. 예컨대 "나는 네 안의 깊은 곳에 스며들어 숨고/ 너는 내 안에 누구도 모르게 꼭꼭 숨어들어/ 자웅 양성 한몸에 사는 일심동체가 되"(「나의 종교」)어 사는 것이다. 시인의 이러한 상상력에 의해 그리움은 결핍도 과잉도 아니 조화와 융합으로 승화된다. 요컨대 평정의 시학을 낳게 한다. 그러므로 시인에게 그리움은 시적 에너지를 제공해주는 에너지원이 되는 셈이다.

여행도 예외는 아니다. 여행은 낯선 곳으로의 시공간적 이동이지만, 시인은 그 시공간의 풍경과 대상을 통하여 자아의 경험적 세계를 새롭게 해석하는 동시에 자연적 원리의 위대함을 크게 자각한다. 이러한 여행 또한 평정의 시학을 낳게 하는 근원으로 작용하면서 시인의 삶을 자연과 우주의 원리로 이끌어주는 견인차 역할을 한다. 자아의 경험을 새롭게 해석하는 여행의 시편들에서 보면, "여행자들의 틈에 끼어 나 또한/ 새삼 제행무상諸行無常을/ 마음 속으로 드뇌어 보네."(「세기의 염문」), "악착스럽게 살아온/ 내 생애의 지난 날을/ 새삼 되돌아 보면서/ 내 인생 노선 드라이브에/ 처음으로 이유 있는 브레이크를 걸어 보았네."(「인간의 평화」), "아니 오래 전 동유럽 여행 중에 겪었던 많은 일들 중에/ 아직까지 내 뇌리 속에 살아 남아/ 새삼 나를 행복한 전율로 떨게 하는/ 꿈의 요람"(「추억 속의 여행」) 등의 구절이 나온다. 여기에서 우리는 시인이 그 동안 살아왔던 자신의 삶의 세계를 각성하고 이를 통하여 새로운 꿈의 시적 길을 준비하려고 한다는 점을 알 수 있다.

이와 달리 자연의 원리에 반응하는 여행의 시편들을 보면, "인생이 다만 내 인생에 그치지 않고/ 자연의 일부로서 소리내는/ 건강한 숨소리를 들으면서/ 여숙이라는 이 세상의 한 나그네로서/ 내 모습"(「여숙旅宿」), "비로소 지구 생태계의 적자嫡子로서/ 문명에 찌든 때를 벗고/ 건강하게 살아 있음을 느낀다."(「빙하의 나라」) 등의 구절이 나온다. 마찬가지로 이를 통해서 우리는 시인의 자연관을 읽을 수가 있다. 시인은 인간이 자연 위에 군림하는 주권자가 아니고 자연의 일부로서 자연에 소속된 유기체적 존재라는 사실을 인식한다. 그래서 북극의 빙하지대가 문명의 찌든 때를 상징적으로 없애주는 "생태계의 적자"라고 힘주어 언술하고 있다. 이렇게 시인은 여행을 통해서 시적으로 얻은 바가 너무도 많다. 그래서 시인은 여행을 "앞으로 살아갈/ 남은 날들에 관한 방향과/ 사유의 틀을 마련해 줌으로써/ 다시금 나를/ 삶의 늪으로부터 건져 올려/ 쇄락한 정신으로/ 다시 태어나게 하는 힘"(「몸 둘 바를 모르다」)이라고 정의한다. 요컨대 여행은 시인으로서의 삶의 부활인 셈이다. 좀더 부연하면, 이 부활은 평정의 시학으로서의 부활이고 자연적·우주적 삶의 원리로서의 부활이다.

지금까지 우리는 류근조의 시집 『지상의 시간』을 읽으면서 즐겁고 재미있는 시적 여행을 해왔다. 이 여행에서 확인할 수 있었듯이 시인은 시에 대한 열정이 정말 대단하다. 그 열정으로 보면, 그는 나이와 상관없이 영원한 청년 시인이다. 그래서 그는 지금도 시적 언어로 아침을 열고 시적 언어로 하루 일과를 처리하고 시적 언어로 저녁을 맞는다. 아마도 밤에는 시적 언어로 소년처럼 꿈을 꾸게 될지도 모른다. 꿈에도 시와 연애할지도 모른다. 어쨌든 시인은 『지상의 시간』으로 한 평생의 시론을 시로 완전히 승화하는 지점에 서게 되었다. 그러나 아무도 모른다. 그의 시적 상상력을 충만하게 잉태한, 그의 고요한 시적 씨앗이 인생의 겨울을 보내고 다시 봄을 맞을 때, 어떤 싹을 돋게 할는지는.

□ 시인 류근조(柳謹助) 약력

시인(詩人), 인문학자, 문학박사 : 아호(雅號)-이경(裡耕), 1940년 익산 생, 1966년 《문학춘추(文學春秋)》 신인상 시부 당선.

시집 : 『나무와 기도(祈禱)』(1967), 『환상집』(1972), 『목숨의 잔(盞)』(1979), 『무명(無明)의 시간 속으로』(1984), 『입』(1989), 『낯선 모습 그리기』(1992), 시선집 『그리움아 거기 섰거라』(1995), 『날쌘 봄을 목격하다』(1998), 여행시집 『나는 오래 전에 길을 떠났다』(2003), 『고운 눈썹은』(2006) 등 10권의 시집을 상재.

산문집 : 『캘린더 속의 계절』(1986), 『내 밖의 세상, 세상 밖의 길』(2003) 2권,

학술서 : 『한국 현대시의 구조』(1984), 『한국 현대시의 구조와 형성 이론』(1991)과 『한국 현대시의 은유구조』(1999) 등 3권, 편저: 『한국 현대시 특강』(1992), 『소비시대의 문학』(1995) 2권 등이 있음.

그리고 편저를 제외한 저서를 모두 아우른 『류근조 문학전집』(Ⅰ~Ⅳ)(2006)이 출간됨.

이 가운데 『문학전집』과 시집 『날쌘 봄을 목격하다』외 2권과 학술서 『한국 현대시의 구조』외 2권 등, 모두 7종의 저서가 최근 미국 하버드(HARVARD)와 미시간(MICHIGAN) 대학의 소장 도서가 됨.

현재 중앙대 국문과 명예교수, 국제 힐빙학회 회원, 그리고 집필실 "도심산방(都心山房)" 운영.

홈페이지:http://cau.ac.kr/~ufamily4

이메일 : ufamily4@cau.ac.kr

지상地上의 시간
류근조 시집

초판 1쇄 발행일   2013년 12월 5일

지은이 · 류근조
펴낸이 · 김종해
펴낸곳 · 문학세계사
주소 · 서울시 마포구 신수로 59-1(121-110)
대표전화 · 02-702-1800   팩시밀리 · 02-702-0084
이메일 · mail@msp21.co.kr
홈페이지 · www.msp21.co.kr
출판등록 · 제21-108호(1979.5.16)

값 10,000원
ISBN 978-89-7075-574-8   03810
ⓒ 류근조, 2013

* 이 시집은 류근조 시인의 세 딸— 은지(박우종, LG 컨버전스 수석연구원),
해미(김민열, 인베스트조선 본부장), 무아(강현석, 코오롱 필름사업부 과장)의
출판비 지원으로 출간되었음.